U0165769

繪本教學理論與實務
——原來繪本的「美」在「這裡」

張嘉真 著

五南圖書出版公司 印行

原來，美在這裡！

讓孩子進入繪本的世界，享受美的遊戲。

——李崗

　　許多小學老師曾與我分享一個教學小祕訣：因為自己不是一個很會說故事的人，所以常使用繪本作為各類課程的輔助教材，通常學生反應都不錯。同時他們還向我提出一個問題：為什麼當初在學校修習教育學分的時候，從來沒有老師講授繪本教學的理論與方法？

　　這的確是一個好問題！我國從事師資培育工作的大學教授，通常習慣各自處理負責的科目，例如國語文教材教法由中文學者授課，教學原理由教育學者授課，兩者之間很少彼此聯繫互相配合，繪本不是正式的上課用書，實在沒有必要花太多時間處理，學生自己要練習融會貫通。

　　根據我個人經驗的觀察，目前國內教育學界對繪本的關注，大致可以分為三種類型：一是基於閱讀理解的心理學角度，主張閱讀策略的有效學習；二是基於特定議題的教育學角度，設計繪本內容的討論與反思；三是基於親子關係的輔導學角度，提倡親子共讀的

必要性與可行性。

　　以上三種操作模式，大都偏重繪本的工具價值，卻甚少貼近其本質價值。第一種情形，教師之所以選擇繪本，只是因為這種文本形式，適合年齡較小的兒童閱讀。第二種和第三種情形，則有不少家長甚至學校老師，習慣透過繪本向兒童講道理，以為是「寓教於樂」，殊不知這樣的做法，不僅違反教育原理，也無法達成預期的目的。

　　換句話說，成人或許能「閱讀」繪本的「文字」，但是不一定能「欣賞」繪本的「風格」，更遑論進而「設計」繪本的「教學」。由於國內長期忽略美育師資的專業培育，即便是領有證照的合格教師，通常只會根據預設的教學主題選擇教材，很少細心觀察學生是否在教學活動中產生美感經驗。

　　相形之下，我所認識的張嘉真教授，不僅教學經驗豐富，語文基礎紮實，其筆調平易近人，方法更是獨創一格。舉例而言，有關兒童閱讀能力的發展，她重視基礎性、解碼性、意義性、分析性、批判性等五種困境的特徵及其突破策略，正是多年從事實務工作的最佳例證。又如，全書隨處可見的師生互動，她總是靈活穿梭於教學原則與文本脈絡之間，展現出一次又一次的美學思考，以及綜合各家之言的美育實踐。

　　因此，《繪本教學理論與實務》這本書的出版，我相信可以讓更多的大人看見，原來繪本的「美」在「這裡」，原來繪本可以這樣「教」、這樣「讀」。

東華大學教育與潛能開發學系副教授

李崗

繪本學習之美

對於繪本的認識，一開始只停留在小朋友喜歡看、有圖故事書的印象。至於有什麼功能？很模糊，更別提美學教育與心療了。繪本教學，我想無非就是講講故事，玩玩遊戲，還有什麼創意與奧妙就不得而知。而通過繪本課程學習，由最初的繪本總體概述介紹到有意義的學習，不知不覺已經接近了第一階段學習的尾聲，學得越多，越來越感受到繪本之美和繪本教學的不易，創意教學更是難上加難啊！

一、新知識的學習與吸收本身就是一種美感享受

繪本以及繪本教學的知識學習，不斷刷新我原有的認知。從《看見繪本的力量》導讀，我了解到如何透過繪本語言、圖畫來讀故事，並讀懂故事表面的意義及背後隱性的意義。導讀《我的爸爸是寶礦》，讓我學習到繪本是如何發展孩子的語文智慧、時空智慧、內省智慧等。並且從繪本形式了解學齡前幼童、低年級兒童、少年每個階段的兒童，繪本教學功能側重的點有什麼不一樣。《追追追》讓我發現了繪本的圖畫之美，它的線條、色彩、構圖無一不帶給你美的享受。

每堂課的學習，總有新的認知：學習單幅圖畫和多幅圖畫的區別；學習如何洞察繪本故事結構、作者創作動機、故事角色如何塑造；學習了繪本導讀，如何提問閉鎖性問題與開放性問題，及認識了閱讀階層學習突破困境的策略；在蓋聶理論及奧蘇貝爾（Ausubel）理論的探討，讓我對學習的特性與規律、學習的發展心理學和教學設計理論有了系統的認知。

　　新的學習，新的認知，何嘗不是一種美感享受呢！

二、不同的閱讀角度讓我發現了繪本全新的美

　　老師對繪本的導讀講授，及同學們每次功課的繪本推薦，讓我從不同的角度發現繪本的美。老師引導我們進入了「繪本的魔法世界」：文字可以講故事，圖畫可以講故事，故事本身也有一層又一層的意義。同學們的推薦繪本好書也讓我受益匪淺：推薦《獾的禮物》讓我領悟了死亡不一樣的感受；閱讀《安的種子》，提醒我們中國建築風格值得深究；導讀《山米的巧克力大禮盒》傳遞了滿滿的愛和溫暖；推薦的《手套》告訴我，繪本有典型的民族風情，民族特色的著裝，突顯了人物角色特點；自編的故事，讓我看到天馬行空的想像對於孩子的重要性。

三、繪本教學設計有藝術與科學結合之美

　　課程的學習，有如剝洋蔥般，一層一層，越來越接近教學的精髓：認識繪本美感教學設計，結合了藝術與科學，繪本教學本身就是一門綜合能力的呈現：包括教育心理學、美學、語文教育、兒童發展心理、文藝心理學等。尤其蓋聶理論和奧蘇貝爾（Ausubel）

的有意義學習理論，讓我對繪本教學有了重新的認識，教學相輔相成，遵循學習者的認知特性與規律，科學的教案設計可讓學習者的學習趨向有意義。

老師設計《占卜鳥希希利》的教學展示，讓我再次深刻體會到教學設計，前提條件必須依據學習目標與學習能力做全盤考量，在面對閱讀障礙的孩子，為促成新知識與舊的知識認知相連，必須透過前導組織設計，提供相關知識準備。而詩歌的導入，恰好起到這樣的橋樑作用。接著繪本寫作技巧結構分析，因為前期詩歌的導入，孩子們對於故事的理解也一一串聯起來。故事主旨點到為止，故事寓意與中心思想讓孩子慢慢體會揣摩，最後以圖聯想，模仿創作故事。孩子在故事模仿創作過程中對故事的主旨與意義進一步深化理解，同時對於原住民族的文化展開了傳遞延伸學習。而孩子們後來的故事創作成果表現了其對故事寓意的理解，也很好闡述了有意義的接受學習是如何發生及實現。

遵循學習的特性，是科學的；而學習材料的巧妙呈現，卻是頗具藝術美感的。不得不說，能一直保持學習確實是一件很美好的事情。

鄭彩容

分享教學美感經驗

　　覺智教育，繪本導讀師資基礎課程教材已出版《看見繪本的力量》，能在短時間重拾剛剛放下寫書的筆，讓繪本美感教學師資培育課程內容付梓，幕後的一位推手，即是最要感謝為本書寫序推薦，有深厚美學理論知識學養，推動美學教學研討會不遺餘力的李崗教授，他帶著「教學哲學」走進教室，我們一起探討關於美感的教學，剎那激起我的寫作靈感。

　　爾後我總是在東華大學綠蔭蔥蘢，奉送陰涼，午後黃昏校園騎著單車時，腦中有逍遙遊虛幻的浪漫，陷入詩興說故事和愛美的迷狂。學校下起黃金雨，單車騎過阿勃勒轉進童話的林子裡失去了方向，卻盡是美感經驗，滿心興奮狂喜，直到夜幕低垂，滿天星空，走進一片寂靜長廊轉彎的那個教室——C108才神智清醒。想著藝術家教學與一般老師的教學有何不同？最大的不同是藝術家以創作藝術的思維教學，以藝術帶領學習超越陳規的共同模式作思維。如果老師的生活能像藝術家，心裡隨時都能抱持發現新事物的喜悅，將美感經驗帶進教室，就會有開放接納的心胸，讓自在學習激發起美的幸福感，能夠這樣教與學是一件多麼美好的事。

　　繪本美感教學是網路遠距的課程，學生反饋：「聽完繪本課

都意猶末盡，還想繪本可以怎麼讀，老師開啓繪本魔幻世界之門，裡面好多寶藏，著迷得不得了。」其實是因為繪本有多元的風格類型，有的風趣幽默，「趣」味橫生，有的多「情」善「感」，讓人百感交集，喜、怒、哀、樂，盡在不言中，還有的博學多聞，擴充知識和經驗，「理」藏在情節中，不仔細推理，缺少點邏輯概念，和空間想像的自我超越，還真看不出有什麼道理。面對百變千變萬變的繪本，無法標準化格式化定義它，這種現象就像東方的禪學，凡事不能二分法以純粹的理性模式，或口頭說明描述應用法則，怎麼樣「看見」繪本的訊息，需要洞見觀瞻的能力培養。

我一直以圖畫或繪本作為語文素養教育的媒介，指導兒童寫有味的文學；發現兒童閱讀經驗與美育教學不足，無法由內而外發，改變口語化空洞的生活記錄式寫作，無法用語文符號描述內在精神心理活動、有高層次的思維，精神心理像缺少甘泉的沙漠。乾枯沒有生命之氣的青少年，渴望閱讀指導通識學習，於是幾年前以演講方式，強調美學教育的重要，可是小石子激不起大漣漪。晚近積極籌辦培養以繪本導讀專業輔導語文與心理的師資，吸引美國索菲亞大學超個人心理學，我的研究生投入推廣與組織，展開師資培育的教學。在這個課程中指導懂心理學任教小學語文老師教學實務應用，產出以繪本為媒介進行語文和心理輔導個案成果，雖然只有一位師資教學案例，但是我相信有了開始，離目標就不遠了。

繪本是兒童成長不可缺的教材，建立師資閱讀能力從了解學童學習的問題開始，為解決學童閱讀學習的問題，以繪本為媒介，我讓受過超個人心理學專業的學生，認識文藝心理學，由閱讀繪本體驗藝術家的美感經驗如何轉化為文本，自己也能完全參與在文本的故事情境，喚起自心的感受，時而和作者或故事的主角對話，時而

也和自己對話，由此理解美學是「心」學，必須從直覺感官的美與不美，閱讀繪本如何從只會說「好美！」還能知道繪本為什麼美。淺層表象的感受開拓審美能力，審美是一個複雜的精神心理活動，通過繪本認識美的結構設計與心理的描述，深化認識藝術文本創作內在意義，這是繪本美感教學很重要的課題。

　　人文教育基礎研究是一個緩慢的歷程，研究與寫作都是孤獨的。能實踐多年夢想，與來自四面八方的同好，一起談論繪本的美，如何走進作家創作繪本的心世界，搭起作者與讀者之間美的橋樑。在完成著書的同時，我對這個教學的反思：這是一個以繪本藝術為教材，師資教育的基礎研究。繪本的美有其文藝心理學與創作美學的原理，畢竟參與學習的學生在過去僅僅是一個讀者，對繪本的認知也僅是一個愛「美」的讀者，走進繪本才知道是新的嘗試總是需要接受挑戰。於是只能機動性調整教學，協助突破學習的瓶頸。由於每次的作業都可以有再深度說明的必要，因此課程變得豐富。每個人認真學習的態度讓我感動，教學美感讓心歡喜滿滿。著書撒播種子，期望繪本美感教學人才培育會如黃金雨，引起駐足讚嘆吸引投入美的教育。

覺智教育創辦人
張嘉真

目　錄

導讀

繪本美感教學

　　為什麼可以用繪本做情緒輔導，讓天馬行空自編故事的兒童愛思考、故事創作有文學味的美？因為導讀師在繪本故事的世界，學習看見美、想像美、創造美的語境，看懂繪本創作美的訊息和有應用美的能力。

一、我想改變還想改變什麼

看膩了學生作文「天下的媽媽都是一樣的」，又無力改變大環境教育狀況，發呆想想看我能教什麼。當年我提出「教生活作文」並且將書稿大綱寫好，請林政華教授指教；林教授熱心推薦給出版社，結果以兒童自學、生活作文叢書，連續獲得行政院新聞局優良讀物獎。林教授的簽條寫於81年1月24日，置於書桌一角多年，字跡褪色。這麼多年我默默關注兒童寫作素養，作文內容確實已經非常生活化了，但是讀起來還是缺少了美感。

我總想改變點什麼，我改變老師在黑板上，擬大綱、寫大意的教學，學生可以用自己的生活經驗以筆代口寫作；我想改變學童為寫作而寫作的痛苦，想從語文教育由閱讀導入寫作，用文藝心理學輔導學生發展健康心理；我進行寫作心療教學，想告訴教學者怎麼教，我得到一句有趣的話：「作文都不會教了還教心療，上帝也瘋狂！」結果我在網路課程實踐了，兒童寫出有文學味的童詩和散文，美極了！兒童的文學由兒童自己創作，兒童純真的作品我愛不釋手，兒童從寫作獲得自信快樂學習，家長捷報喜樂兒童寫作的成果，這種感覺美得有點飄飄然。

我想改變兒童天馬行空自編故事空洞的想像，帶領兒童解讀繪本故事，看見繪本美的設計造型與對話的思考。我總是以繪本教看圖說話，教學童走進畫家的心裡，想像自己在畫境裡的感覺，怎麼表達自心在畫境裡的美感。有時也教兒童用同理心感受故事角色生活情境的遭遇。繪本故事就像一個寫實的世界，兒童在繪本故事的世界學習看見美、想像美、創造美的語境。結果兒童的作品，讓成人不敢置信：小學一年級，為什麼能編有文學性的童話。我愛上會

想像、會說有結構有趣童話的兒童。在網路課堂遠距教學互動，有時我會和兒童說說自編的故事，再聽來自不同區域的兒童，說獨創故事是一件美妙的事，這是每週忙完教學最為享受的美感經驗。

我想改變懂心理學的成人，等待當事人前來諮詢的舊思維，重新有預防與成長的輔導觀念，看見繪本的力量。以繪本故事為媒材接近兒童，主動關注兒童心理的需要，介入語文發展遲緩兒童，進行閱讀輔導，讓沒有辦法與我一起在課堂學習的兒童，能更早經由圖書療法發展語文力。結果我開班培養懂心理也擔任語文教學的導讀師，完成我多年語文教育跨心理學統整教學，讓兒童在閱讀與寫作課程體驗美的夢想，將這門課稱為繪本美感教學。我想改變，還想改變什麼……？想告訴讀者我的改變，證明不要怕改變，改變可以實踐夢想，改變才有教育熱忱。教育改革，課程改革，都從教學的老師自我改變做起。

二、簡介西方圖書療法的研究報告

圖書療法（bibliotherapy）由圖書與治療兩個詞所組合，用圖書治療身體的疾病，廣泛的含義是以圖書治療身體的、行為的、發展的、心理的一個過程。簡言之，是應用書籍的討論處理許多不同的問題。早期為圖書館員和老師作為工具而使用，並且由教育家David Russell&Caroline Shrodes研究並認可相關的觀念。他們把圖書療法描述為一種過程，在臨床研究發現讀者和書籍交互作用，圖書療法是一種評價人格和觀察個體適應與成長狀況的有效工具。

幾年後，Patricia Cianciolo以非臨床性的研究，觀察書籍對兒童的幫助，鑑別出圖書對兒童有積極助益，尤其是教育和學習這兩

方面。圖書增進人類行為及所關心的領域知識，協助兒童逐漸理解「自我治療」的意義，懂得有些問題需要從內在尋找答案。圖書可以擴展自我的需要，找到自身以外的興趣。用故事還可以解除心中意識的問題，因為從故事看見別人的問題時，更容易討論問題，澄清與洞見自己的問題與困境，所以主張圖書療法是建立在這些事實基礎上，透過對書中人物的認同認識自己。

圖書療法有幾個重要關鍵：第一個是在閱讀符號的時候，將自己與書中的角色相互認同而聯繫；其次是在與故事主角在相似的問題上，經認同釋放出同樣問題的情緒；最後是因為觀察與認識故事主角處理情緒，可以有更好的方法領悟，認識自己處理某一個問題的行為的情緒。兒童經常在面對一個自己無法解的問題時，感到孤獨和焦慮，從故事閱讀認識這個世界，自己不是唯一有此問題的人，可以減輕孤獨和焦慮感，對於他人的心理與行為可以激發同理心，從故事看見自己與他人有哪些一樣的價值，哪些行為不適合社會需求，可以理性地判斷和選擇。

三、筆者圖書療法教學研究報告

圖書療法鼓勵以討論替代講述，具體教學實踐，仍有賴於不同領域的研究。在語文教育和心理學領域，坊間繪本說故事的推廣比比皆是。用繪本於心理學的早期療育機構，還有在特殊教育的學術研究，都已經成果斐然。在藝術表達性治療也非首例。但是，藉由繪本藝術為閱讀與寫作並做心理輔導課程媒介，用美感教學要治心與啟智，強調語文教學和心理輔導的整合，重視美感教學的意義，以文學敘事心療為課目名稱，筆者始於2006年在北京，以圖書療

法開啓兒童早期療育工作坊，參與對象初期爲醫生、大學相關課程教師、心理學工作者。後續在武漢、蘇州、廣州，以翻轉家庭語文教育爲題，參與者有父母、幼教老師、故事姐姐。

在工作坊結束後具體指導實踐圖書療法，是參與研習心理治療師，回單位以後各以主題方式報告個案狀況展開實踐討論；有以《青春期情緒困擾與敘事治療》從情緒和敘事的關係做理論與個案說明；有以〈沙盤遊戲與敘事治療〉輔導F過程，說：「心理學家認爲說故事可以改變自己，因爲我們可以再重新敘述自己的故事，甚至在一個不是自己的故事中，發現新的角度、產生新的態度，從而產生新的重建力量。簡單地說，好的故事可以產生洞察力，或者使得那些本來只有模模糊糊的感覺與生命力得以彰顯出來。」還有以〈學習困難與敘事治療〉爲題記錄十二歲小涵；語文發展遲緩的現象；有一位以〈自閉兒童與敘事治療〉爲教學主題實踐，我向他說明故事導入的教學，循序漸進建立兒童自信心的過程，這個案例在當時屢次指導調整教學，我的第一手資料記錄較完整，並且可見其成果，所以做了整理：

(一) 個案說明

小吉，男，14歲，剛升上中學二年級，早期診斷爲自閉症。七歲開始說話，現在語文能力是小學三年級水平，爲人沉默寡言，選擇性回應問題，高興時便回答，表現很有性格；喜歡繪畫、唱歌、歷史、地理，他在想像或假設方面存在困難。

(二) 上課行為表現

在沒有問話也沒有任何表示下，便自行坐一旁，狀若沉思；當老師叫他上課時，瀟灑地回答：「好。」對非言語交流方面理解困難。

(三) 行為成因分析

他較喜歡獨處，對外界人或事物不感興趣，不喜歡聽從別人的指示，又或做出不適合當時情境的行為，明明有個人喜好，愛做便做，不喜歡就不做。

(四) 教學方法策略

1. 影片欣賞

小吉的學習管道多半偏重視覺或聽覺。以故事形式是自閉症孩子學習的優勢，配合多媒體方式呈現，能夠利用視覺線索，協助小吉快速地將故事中的信息具體化，以增進他的社會理解能力。

2. 角色扮演「做個歷史老師」

小吉喜歡一些井然有序的方法，更喜歡一些可預測的鼓勵，而「歷史老師」獎勵計畫，正能應他在這方面的特性，塑造他的良好行為。以小吉的特長引發敘事的情感體驗，促使迅速理解教學內容。

3. 朗讀範文

小吉很少通過語言來表達自己的需要、情感和抽象觀念。通過朗讀範文抽取某些句子中抽象的含義做記憶，用較簡單的

形式儲存在記憶裡。

㈤ 教學效果

1. 小吉通過角色扮演提高想像與自信心。
2. 影片賞析明白如何分辨是非和控制情緒。
3. 朗讀範文找到學習樂趣。

這些參與者的表現，廣州中山大學紀漢平教授，長期觀察輔導實踐的結果，給了我一封信說：「六年的敘事治療，三年的心理作文與敘事治療，讓我發現參加的中小學生，發生巨大的轉變時，我為2006年美妙的學習體驗，參加其中而欣慰和自豪。」說明這個研究結果，我從腦神經科學探討：人在訊息傳入大腦神經系統的潛意識時，只要能跟記憶中的事物產生聯結，就能因為聯想創造出無數的新想法。大腦的記憶經由認知、歸納、演繹、分析、判斷、推理、想像，可以進行創造性多重組合的聯想。兒童閱讀圖畫故事時，也因為聯想，由物體形象感知促發感性思維；繪本就以極其小篇幅語言文字的故事內容，聚集豐富而有意義且多變的訊息，在故事情境相互交融中抒發情感，使讀者產生心理的快感，就會覺得這本書很美。所以，我指導老師利用故事美啟發理性思考，融化改變學童自我頑固的意識。

四、繪本美感教學目標

每個人都有欣賞美的感官知覺，卻不是每個人都能言語說明什麼是美。但是，要成為專業圖畫故事的導讀者，不能不知道「美」

縱向貫穿文學與繪畫藝術的技巧，橫向連線「人」發展所需生活的、知識的、經驗的、情感的、心理的、精神的方方面面。看不見「美」的一種無形力量，繪本導讀將無法跳脫故事大意，更深入不同層次的結構。繪本之美依創作風格不同有很多特徵，無法統一歸納出必然的定律，以及繪本審美的標準。人如何經由閱讀看見美沒有一定途徑，繪本故事閱讀如果只停留在「看見什麼」，不知道「怎麼看」，將失於高層次思維的學習。無法深度看見繪本的「美」，也難以具備文本結構的解構應用與詮釋能力，有理解性閱讀深度導讀文本素養，拉近作者與讀者之間的距離，搭起溝通對話的心橋，發展個人藝術審美的能力，並且經由審美輔導學生的情意和語文表達能力。所以，開課培養故事導讀師有以下教學目標：

(一) 看見訊息的能力

　　繪本美感教學是一門遠距視訊師資培育的課程。由於參與學習者欠缺兒童文學創作原理認知，不知道如何從欣賞者提升為教學者，能看見繪本創造意象與象徵充滿詩意的美，看見繪畫與文學結合的藝術美，向我提出幾個好問題：「看見」是一種「能力」，故事導讀者能看見繪本的結構嗎？故事導讀者理解兒童的知識與能力嗎？如何在作者與讀者之間架構相互溝通的橋樑？知道兒童如何從閱讀接受訊息，進一步解釋和引導嗎？這些問題是參與故事導讀培訓者，想知道、想得到解決問題策略、想自我建立能力需求的渴望。依我對「好」問題直覺判斷，通常是無法簡單回答，少者一篇論文，多者寫一本書，才能說清楚講明白，為此著書說明繪本故事導讀師如何能有「看見」訊息的「能力」。

(二) 有繪本藝術創作認知

因為「人」的思想、情意、理解，無法標準化，語言是表達交流的工具，講述教學過多資訊上的言語分析，會讓學習者陷入概念化，教學時缺乏臨場調整學習策略的障礙。這門課程希望在認識兒童語文發展與閱讀的關係，繪本導讀會面臨美感教學，學童「無感⋯⋯」的可能因素；繪本藝術對讀者心理的影響事例，認識繪本藝術心理在故事的作用，隨著讀者年齡的增長需求，能以青少年閱讀需求，認識繪本藝術如何創作美，揭開繪本教材設計謎樣的內幕，認識繪本的創作在不同層次所發揮的影響力，闡述繪本故事為什麼能讓兒童讀者和作者，像隔著紙本相遇的知音，不知不覺地愛上繪本的美，走進繪本的世界，學會由故事符號閱讀有新發現。

(三) 有藝術思維導讀策略

繪本是覺與智發展的媒介，繪本內容知識是有限的，要將有限化為無限，能與讀者生活與知識經驗聯結，知道繪本故事很美，還要知道繪本故事為什麼美。所以，參與這門課程學習的學生，必須因應課堂知識與技能融合的需要，課前對教育理論上網搜集資料解讀資訊，充分表達自己對資訊的「疑慮反思」，超越表象文字思維，喜歡另類思維，學會形象思維，突破僵化窄化的慣性思維，從繪本故事對「人」的覺察，對於兒童閱讀能力階層性能力不足的現象，需要有所把握和理解，做導讀活動的準備，對教與學的理論與導讀策略要略有所知。

(四) 有賞析文學美的輔導力

故事有層次的結構，每一個層次有不同的美，從感官知覺進入

故事情節分析，在故事的語言和圖象符號，層層分析童詩與故事深層的美，如何喚起讀者對美的知覺，並且以故事角色做心理分析，思考如何進行情意、行為、語文發展的輔導。為此必須討論文本，覺察繪本美感教學可以發揮哪些作用，如何實作體驗發現學習個別差異自行調整教學。所以，參與師資培育的學生，在課後選擇閱讀各類繪本，實作回饋所知、所學、所思、所得，內省反思，故此將習作分享，呈現繪本美學教學師資教育的結果。

　　繪本藝術美學特色，以兒童生活為主軸，藉由想像虛構模仿現實，發揮無形的心理教育作用。故事在文藝復興時期推展時，文藝理論即肯定文學藝術能淨化人心，認為文學藝術像一面鏡子，從模仿人的行動以及心理的活動或自然的一切事物，進而擴大到生活的各個層面，以想像虛構的意象表徵道德，使在娛樂中教化人心，這種模仿現實並以形式美融合善的內容創作可以讓人找到真理。繪本應用想像為藝術創作的元素，想像是審美、理解、同理心、自我超越能創意思考的基礎，想像不只是繪本藝術創作元素之一，它能活化靜態文字產生閱讀趣味，即便是寫實生活故事的作品，想像可以作為移情之用，描寫人心理感受。

　　除此之外，繪本之美還可以歸納出以下的特色：
1.可以讓心獲得自由，對故事的現象詮釋獨創表達。
2.能啟發形象思維，從具體到抽象的思考。
3.間接生活模仿，從中學習發現問題。
4.美學的創作提升精神心靈境界。
5.在語言裡對意識反思而認識自我。
6.故事導讀感知覺激發推理與聯想。
7.融入個人的經驗與情感體驗，故事導讀激發感知覺進行推理與聯

想，重說故事調整心裡的情緒。

8. 從閱讀故事中獲得知識，建立價值觀，領會經驗，了解世界。

9. 自我內省從角色言行表現，並覺察個人與環境的關係，發展健康心理。

　　圖書療法因為對兒童學習有益，同時也發現對患有生理疾病的兒童是一種有效的工具，醫院兒童病房，或療育機構經常使用繪本故事陪伴兒童。因為圖書以微妙的方法讓兒童獲得精確的知識，對未知不感到恐懼。圖書的選擇宜從圖畫和文字，以及內容和敘述風格做考量。圖畫如果能較具真實感，從角色的神韻、動作能與兒童用「心」可以看見眼睛在說話並做交流，這種傳神的書由意會理解，文字不多卻同樣可以傳遞訊息，也會是一本好書。

　　故事療法任何讀者都適用，需要考慮選用文本的目的與文本寫作有哪些美感，可引起閱讀參與互動的興趣。每個人的閱讀美感經驗是不同的，教學隨時做好改變的準備是很重要的。在某些教學情境若無法完全在預設立場看見想要的結果，就應該放棄「控制」想要有標準化、格式化內容表達的不智想法，試著營造彈性學習氛圍，在當下情境的機緣應對，會有意想不到的效果。

　　心理學界說：「藝術本身就是治療。」繪本美感教學是讀書療法的課程，導讀者從認識圖畫書，認識兒童語文發展階層性學習的意義，進入繪本藝術創作與青少年閱讀的互動。這個歷程參與學習的心理諮詢師，在深度與廣度多元層次，從不同角度討論文本，體驗繪本圖書療法的結果如實呈現。所以，這是一本看見兒童文學繪本藝術創作的內涵，以及應用作家藝術思維導讀教學實用的書。

五、繪本做一般藝術教育的教學

學校教育標榜德、智、體、群、美，五育均衡發展，長期以還，美育被視為美術課程或培育作家、音樂家、畫家、舞蹈家。講述理論指導技能的教學，在崇尚實用價值的社會文化，美育的真實面貌並未被重視、被理解。於是多數人存有美育是專業的「藝術教育」，藝術是高尚不可攀的，對藝術有天分和興趣，為想從事創作所需專業而培育人才的課程。這種觀念相對淡化「一般藝術教育」的重要。教美學的李崗教授，解釋美育（aesthetic education）的詞意，有「審」美的作用，強調判別、判斷、理解；還有一個是美感教育的意義，重視「感」的「觸動」、「反應」而「身有所受」；是人受外物刺激心理產生的知覺感受；還進一步對美育概念做分析：

㈠ 美感教育乃是感官教育

所謂「感官教育」（sense education）乃是培養感官敏銳度，作為學習的教育活動，以直觀方式把握物質表象之官能，繼而推廣至內心感受與思想，繼而表示思想的內容，於是「使事物成為可理解」而有意義的意思。於是感官教育會涉及人如何知覺、辨識、察覺、了解周遭的世界，分析刺激物的特徵，組織接收到的訊息，在各種美感狀態或美感性質的感覺與知覺下，都能具體表現感官的敏銳度。因此，感官教育強調感覺與知覺的重要。

㈡ 美感教育乃是價值教育

所謂價值教育（values education）是以個人價值觀的探索與省思作為學習歷程的教育活動。其價值如謝勒（Max Scheler, 1874-

1928）所主張：「一切經驗已經是潛在價值，一個對象的知覺，例如一棵橡樹，不僅是綠的或大的，同時是令人愉快的、優美的、宏偉的。經驗的對象乃是價值的承載者（Objects of experience are bearers of values）。美感是對被感受之物的感知，感知的內容就是感受。感官的感受、生命的感受，心靈的感受、精神的感受，圍繞在『感』字上。美感教育應該逐步提升至生命、心靈與精神層次的感受，不能狹隘地化約爲感官的感受。」（李崗2016）

　　繪本是美育的教學，探討繪本如何觸動讀者心理感受的一般藝術教育。繪本的美感教學各章所寫的內容，可以從感官提升到精神心理的感受。我想一般讀者閱讀過《看見繪本的力量》，會像我一樣想改變：「繪本好美，如何在說故事的時候，提升兒童閱讀繪本的美感經驗。」或許你對繪本美感設計轉化爲導讀應用感到陌生，擔心：「自己不是從事心理或語文教學專業的老師，能從事繪本美感教學嗎？」繪本美感教學，就是用將要成爲專業導讀師的學習經驗，告訴沒有經驗的讀者，你可以模仿，並且在體驗與感受的歷程實踐。即便是家庭教師、床邊說故事的媽媽，都將可能成爲不同領域「專業」導讀師，因爲成功的教學在前人基礎上精進，美感教學沒有絕對化的原理原則，所以你可以弱水三千，只取一瓢。人生美好的東西太多了，把握其中之一就夠了。

繪本導讀的困境突破

困境與影響如何突破

意象轉化教學應用

視覺聽覺連接心覺的感知

由基層性閱讀更上一層樓

美感教學需要有階層次性的

學習鷹架

閱讀學習說故事的重要

一、不會看圖說故事的影響

　　兒童怎麼樣建構說故事的能力？在房間排了一地的玩偶，給玩偶命名，安排玩偶的角色工作，在不同角色中自言自語地對話。在圖畫紙上畫出生活的觀察，自我生活中出現過的許多材料，問他畫什麼，從可看見的畫，說出看不見的畫像，由聯想誇大想像編織一個心理世界的故事。在母親說故事或閱讀故事，積累故事創作的型態和要素。從看見圖畫的形體，想像變造情節，再觀察、想像、變通，象徵的意象組合創新說故事。兒童說故事有的重複說生活中的幾件事，有的圖畫簡單故事內容沒有太多變化，還有說自己的經驗、生活朋友互動的片段；故事題材也許源於聽過的一件事，說沒有結構或情節，卻是在敘事日常生活中內心世界零碎的感受。兒童自己可以在任何時候隨時說故事，可以在遊戲中和玩伴對話說故事，故事想像與自編慢慢有了主題和發展性角色的變化，但是比較多口語直述模式的說話。這種自編故事的特性在學齡以後，漸漸改由自己閱讀故事，說故事的能力轉為應用在學校看圖說話寫作課

裡。然而，是不是每一個兒童都能看圖說故事呢？這時會發現事實不然，不會看圖說故事的兒童，對學習也會產生影響，例如：

(一) 閱讀探索的動力不足

　　幼兒從十八個月到學齡前期，詞彙以一萬四千的量，快速且陸續發展，可以從電報形式的說話，發展出說複雜的語句內容。喬姆斯基（Noam Chomsky）提出語言天成說，認為人有創造語言的能力，可以從聽過新的一句話，組合句子。換句話說，理解語言文化的意義，兒童的語言能力具有語法規則，語序可以靈活應用，不需要為兒童平常練習的語言做解釋，兒童最終獲得語言，要比教給他們的語言要細微、具體得多。皮亞傑對兒童智能發展研究，說兒童運思前期特徵能用符號描述外在世界，用直觀推理聯結物體與事物之間的關係。

　　由喬姆斯基和皮亞傑的說法，兒童看圖能說話是自然而然的事。「看圖說話」是不是只要能夠從圖象內容的「看見」到「說話」，以筆代口，就算達到教學基本目標嗎？這是普遍性多數學童的表現，這種說話是不是可以成為故事的表達就不盡然。而每個兒童是不是都能把握圖畫中心思想，說一段有意義的圖畫內容？因為當兒童進入形式運思期，缺乏從眼前所見的圖畫形象思維，對生活知識與覺察，擴大聯想做想像，自發性產生意象表達，或從可見的圖畫推理，表現生產性的獨立思維能力，改變語言貧乏現象解除造語句的困難，看見圖畫也只能說簡單的話。

　　無法聯想生動看圖說話的兒童，有的會如訪談家長所描述：「兒子十歲，喜歡閱讀繪本類圖書，文字較多的書籍基本不大愛看。平時喜歡讓我給他讀故事，自己看得比較少。語文學習方面我

基本上只能在聽寫字詞上教怎麼寫，孩子對於識字確實能力很薄弱，前面學習的後面忘記，生活中交流的時候，會出現詞語應用與所描述的內容不符。」這類學童不知道如何思考，容易出現學習不專心等情緒困擾。雖然生活在資訊科技時代，卻只看見圖形不能理解符號資訊，無法以圖畫表達個人的理解、解釋、溝通，分享個人的知識與感受，不知道如何欣賞審美，創新獨立思考主動解決問題，大腦圖象思維沒有被活化，長期停留在直覺感官的「看見」，無法自然激起理解世界好奇探索的動能。「看圖說話」，書寫能力表現三言兩語。

(二) 內在知覺表達影響情緒

　　繪本閱讀及說故事的推動，繪本圖書出版極為豐盛，有些兒童能夠從繪本，或由看圖說話不用學習就能說故事。研究發現這一部分的兒童身處在高家庭語文環境，對兒童閱讀書寫應用能力、溝通、表達，以及精神心理都有正向發展。能由圖畫藝術思維促發內在知覺的兒童，會由感官知覺或觀察得來的知識、推論得來的知識，建立概念，憑藉概念進行問題的思考，再由概念與概念聯結用語言文字表達思想意義，進而由意義追問事理根據的所在，建立思辨的基礎。如此反覆練習，並深度探索事的本質，就能言之有理。因為知覺不只是表面的知道而已，知覺裡還有隱性的思辨力。所以，這類兒童喜歡閱讀思考，能有觀察事物變化的覺察力，對產生改變的因果關係，懂得怎麼樣看見問題本質，在內省中體悟道理，從生活體驗喚起視覺與聽覺感知審美能力，能超越圖畫表象有豐富的精神心理活動。

　　還有一部分的學童就不這麼幸運了，受限於大腦神經的發展

影響，不能發揮想像的潛能使人聯結現在、過去、未來，使對生活有整體性認知，讓心智表現得成熟有理智性，思維的結構顯現層次性，更不懂得如何改變思考而改變行為。如訪談家長的一個案例：「我的兒子今年近九歲，上小學三年級。我是在他五歲時發現與夥伴們互動中經常被激怒，對於自己認為不合理的事情，不大會用語言溝通協商，結果一定是自己火冒三丈。這樣周而復始，到了他步入小學，正趕上我生育第二個孩子，原有的家庭結構發生變化後，他變得更加敏感，原有的情緒問題還沒來得及解決，又升級到令人困擾的地步。」

家庭語文教育啟蒙不足的兒童不愛語文思考，低年級看圖作文會出現形象思維的擴大聯想、想像、推理，視知覺感官審美能力不足，對感官所知覺的事物無法有深度領悟，與人分享少有創見表達，到高年級最需要思辨表達又無法以理服人，這類型學童在少年有時就會因為興趣狹隘、只就個人所知感興趣的事表達，在與他人的言談缺少對話交集又個性偏執，無法自我發展潛能，生活知覺長期不被刺激變得遲鈍，缺覺察生活敏銳感知覺的強化，難以表現生產性的思維能力，無法與他人廣泛意見交流，情緒困擾無法自我控制，影響人際關係的發展。

人是如何學習的？雖然沒有一個學習理論可以完全解釋學習行為背後複雜的心理現象，但是卻不可以忽視內在思維和解決問題的能力及態度、情感、意念、知覺等能力的發展。認知學習發展成為心理學的分支時，強調「學習」的研究應該走出實驗室，關注學校的學生在學習環境發生各種複雜的、有意義的、語言的、符號的……學習，闡述學習規律和條件，探索行為內外部如何變化，試圖為行為的變化做解釋，認知學習理論在心理學家，不斷探索「認

知」學習現象解決的新方法，發展出語言與思維的通則。所以，如何協助兒童，繪本故事閱讀，模仿間接擴充生活能力，說故事或深度理解故事，都將成爲兒童學習生活、知識、觀念溝通重要的事。

二、讀懂故事發展學習能力

日常生活成人或孩童都在說故事敘事，生活敘事沒有被組織，敘事的內容會被忽略而不覺得它的意義性，兒童的敘事更被認爲芝麻綠豆小事無關重要。因此，兒童內心的聲音怎麼樣傳達而被重視呢？繪本以文學藝術、故事的方法間接爲兒童心理做敘事，由文學的美感直接感受個人與他人的經驗，「美」成爲繪本故事觸動讀者心弦的利器，繪本沒有華麗文藻，樸實的故事，不僅說兒童生活與心理的故事，也說他人生活的文化和情感。所以，繪本在兒童成長過程的影響是什麼呢？

1970年代心理學家關注人類思考和行爲的因果關係，報告內容說明：「孩子的心智是有規則的連續性過程，孩子經由這個過程建立日益複雜的生活應對能力。」於是心理學家開始注意經由故事的思考，可以轉變另一種視野，反映人的價值觀與詮釋，以及說故事與聽故事者的想法和語言，在參與不同事件和經驗的詮釋，由聽故事融入他人的文化，並且塑造新的思考模式。故事透過結構組織溝通經驗，閱讀故事在不同的經驗上發現學習的價值，一方面在聽過的故事訊息做組織整理，一方面連接自己經驗的相關感情，思考如何用語言表達。所以，兒童在聽與說故事的學習了解世界，了解情感，了解更深更複雜語言訊息的應用（Susan Engel 1998）。

晚近各國以語文素養作爲培養人優質社會發展與價值，紛紛提

出人所需具備的基本能力：
1. 需要有使用語言、符號、文章、知識、科技資訊等進行溝通表達與分享的能力。
2. 積極傾聽，閱讀理解，透過寫作傳達觀念，說清楚使他人了解而交流的能力。
3. 欣賞、表現、審美及創新、批判的觀察、獨立思考主動探索研究、解決問題的能力。
4. 在人際互動上了解自己並發展自我的潛能，與人為善、團隊合作的能力。
5. 培養自信樂觀態度，滲透到生活、家庭、社區，有擔負學習責任與自我提升的能力。
6. 賦予道德判斷與社會正義倫理的觀念，培養理解世界及對自己行為負責的能力。

　　以上各國所提及的素養教育，歸納整理可以發現都以閱讀發展語文力、思考力、審美力、社會化行為態度，如何與他人應用語言資訊交流建立關係等能力為指標，這種能力是閱讀素養教學的重點，應該從小培養。

　　兒童從與事物直接的接觸因而感知做思維，或是從感官可見鮮明生動的圖畫、可聽的音樂或文學的語言，從具體的表象做形象思維，再運用舊有的知識經驗做組織，經由想像及聯想激發出創造性思維，從具體形象發展出擴散性思維、演繹思維、推理性思維等智能。右腦發展應用在藝術創作靈感找尋的當下，它可以讓人從視覺具體事物，進入心覺的時空超越，看見看不見的世界。這種能力的養成需要一套建構性的教學系統指導，如果故事閱讀只用眼睛看、耳朵聽以後，只憑感官直覺的發現或感受，非經意識或理智過程在

刹那間悟道，能在觀察當下得到一個正確的觀念，或由一個概念反應在行為的知覺去做判斷發現問題本質，無法符合國際閱讀素養目標。因此，繪本美感教學所要思考的問題是：

1. 如何繪本閱讀，經由「美」的審視產生心理知覺活動的過程，知覺到自己心理的意象，不斷在自我的觀念上加注新觀念，產生新思想。

2. 以藝術思維啓發人的智慧，由體驗發展個人的感知覺，再進入深度理解性閱讀，指導具個人化獨見的內容表達，閱讀教學設計如何培養學生經由覺察，轉化意識與知識，有真正理解領悟文本意涵的智慧。

3. 兒童用感官閱讀繪本故事，感官閱讀已經能理解故事大意，如果不能從故事閱讀，省察理解自我生活情境如何去建構有意義的世界，進而與他人溝通對話、詮釋生活的現象、提出個人獨有的見地，閱讀能力是難以提升，進入較高層次的知性與理性的問題思考，和知道如何解決問題。而對以上問題的解決，我們展開階層性閱讀輔導計畫與實踐，簡述說明困境的突破。

貳

繪本階層性學習的計畫

一、蓋聶的階層學習理論

　　繪本可以作為兒童準備學習啟蒙的教材，繪本設計為提供兒童各方面發展學習做準備。當我們想知道兒童如何在繪本中學習，回答這個問題可以從美國心理學家也是教育家，蓋聶（R.M.Gagne）學習理論，獲得一些概念和解答。蓋聶關注外在刺激學習與產生反應結果之間的心智活動，他想解釋人類各種學習的複雜性，提出學習需要由階層的次序做建構，認為人類的學習必須經過練習和經驗產生，學習必須有合理的次序，由低層次簡單作為構成複雜學習的基礎，學習新的技能要有內在條件，但是也不能缺少外在條件的刺激，即是「教學事件」產生的學習能力。蓋聶將學習分為五個類別，從中獲得不同能力指標，分別是語文資訊、心智技能、認知策略、動作技能、態度（Margaret E. Gredler 2010）。

　　如果以蓋聶的學習階層理論，用於繪本階層學習能力的指標，兒童是怎麼學習呢？幼童從單幅圖畫繪本為學習的第一個階層，由此獲得心智技能，先能用感官區辨學習，區辨形狀、顏色、大小特

徵，再進入概念學習；將具共同屬性的事物，用概括性的文字或符號表示，慢慢地在閱讀後能應用圖畫和文字符號結合認知，日後生活中有相似的圖形顏色的物體，可以在某種情境下應用互動，能敘述所知與闡述資訊。學齡前的學童經由這個學習階層，進入小學也開始閱讀多幅繪本，從長篇的故事學習如何獲取語文資訊。有的學童在閱讀有意義的詩歌文章後，已經能從中擷取資訊，組織知識體系，並且以某種方式敘述對故事的理解，有溝通資訊能力。更進階體現學習後的態度，能對事或物表示支持或不喜歡的傾向，最後能對自己選擇與決定的事有執行的技能。

關於蓋聶的學習階層理論，張新仁校長，很清楚解釋這個學說關鍵的概念，尤其是學習條件這個論點：蓋聶認為各種學習成果或習得能力的獲得，都必須具備某種「學習條件」（learning conditions）。這些學習條件若是存在於學習者的內部，稱之為「內在條件」（internal conditions）；若存於學習者以外，即稱之為「外在條件」（external conditions）。「內在條件」指的是足以影響新的學習，並且貯存在學習者長期記憶內在「先備知識與技能」（pre-requisite Knowledge and skill）。「外在條件」指的是外在於學習者的學習情境，這是教師可以把握的，也是「教學活動」（instructional event）設計的重心所在。外在條件的安排包括：如何改變刺激、如何呈現教材、如何提供學習輔導，和如何設計練習等。當教師將這些外在條件加以妥善安排和設計，便構成所謂的教學。對於蓋聶的學習階層如何在學科應用也有所解釋：蓋聶認為學習階層的分析比較適用於心智技能方面的學習內容，而他和其他學者所舉的例子又多偏向於數理科目，但是他們也指出有些文學、藝術和社會科（如歷史、地理）等題材，如果具有上下階層組織的性

質，也可以應用。」（張新仁2015，PP.261-262）

　　由於過去未曾有人談及繪本怎麼學習，可以發展哪些能力，對於蓋聶的學習階層，以及學習條件的學說，鮮少用繪本強化兒童學習的內在條件。更由於繪本沒有成為學校閱讀教學課程的主要教材，當然也就沒有進行學習階層相關的教學目標，發展內在條件建構學習的先備知識，從繪本不斷學習新的事物，不斷在知識經驗積累的基礎上，從一個又一個的概念連接擴充組織而應用。繪本一直被當成課外休閒性的閱讀，要擴展繪本功能在缺乏專業導讀師資下，繪本對兒童的影響、繪本對學習能力培養的策略，以及補救教學從何介入能有成效性地改變。這個專業性不足，成人無法從故事結構，隨作家創作風格獨特性，多樣化難以標準化的內容，輔導兒童深度解讀訊息。所以，即便兒童「看」很多的繪本，也僅能用本能做區辨學習，表達對生活已知的具體概念，如「海上行走的是船」、「太陽下山月亮會升起來」，縱然知道一些生活的道理，對於定義的說明也常感到困難，無法從現象看出一些規律、組織知識解決問題，造成學生不會思考，影響學習能力發展。學校對閱讀書寫學習障礙的兒童，缺乏專業補教教學師資，無法找出學童階層性學習障礙的因素，發展心智與表達技能，不知道如何應用繪本間接發展學童的知識經驗與情感體驗，使接受次序性閱讀的兒童，因為建構學習能力，在日常生活善於表達自己的意願與感受。筆者從寫作教學發現，通過繪本，讓兒童具備厚實內在條件，從模仿知道如何解決問題。勇於接受新的嘗試學習的兒童，對於老師提出新的學習要求比較有執行力。在長期記憶體儲存的知識經驗，遇到可以發揮的論題，能以先備知識經驗思考組織，表現個人對問題的認知，不論在繪畫閱讀或寫作，整體而言體現較高的語文素養。因為他們

長期接受階層性閱讀書寫訓練。

二、階層學習計畫與困境突破

　　長期觀察學童，閱讀導入讀書心得報告寫作，普遍性存在內在條件不足的現象，深究大腦神經發展對資訊處理和語文應用的影響。《語言發展心理學》說明大腦神經分佈在不同區域卻是相互聯繫，人從聽的聲音或看的文字符號訊息，要能理解語詞的意義到應用，需要將過神經不同的聯繫合作並做轉換，在大腦語言中心相互協調聯繫轉換過程，其中一個神經元受損，語言應用能力會受到影響，使語文能力降低（洪蘭剛1997）。語文力代表人的思考邏輯層次，表達溝通時辯才無礙的特質。能否語言流暢與他人建立良好的人際關係，還有人內在感知於外的審美應用，也屬於語文力的領域。語文力不足，學習興趣單一，很難在創造性意象的象徵做推理思考。閱讀資訊除了說大意，難以擷取重點做問題分析的簡報，不能從圖畫或文字中理解，用書面語言溝通表達，對問題無法深層思辨，無法縝密思考語言意義與用法。

　　有句話說：「上天關了你一扇窗，必然為你開另一扇窗。」閱讀書寫，有的兒童左大腦語言區若受損，語言發展會出現遲緩，對訊息分析產生障礙，他們可以應用右腦能協助處理訊息的功能，在圖象導讀讓左半腦與右半腦協調合作密切，改變語言障礙或遲緩現象；因為右半腦對語言表達和理解功能雖然很有限，但是由於右半腦不在語句和語法上做分析，而是以非語言的概括性方式處理訊息，從視覺空間進行分析，以整體性方式做物象形體的辨識與訊息意義詮釋，所以縱然左腦語言受損，仍可以經由右腦視覺空間功能發展表達力，而且大腦神經語言學研究發現，四歲兒童只要有發聲

說話的能力，就可以流暢使用語言進行生活交流。

　　語言和智慧不是齊頭式一致性地發展，有的人很會說話卻智力平庸，有的人沉默寡言卻能夠冷靜思考解決不同的問題。有的學童能有條理說明事理、推演問題做理性表達，有的善於用想像感性表達情感，其間的差異在於是善用左腦思考發揮邏輯智慧，或者是善用右腦非語言文字發揮內省智慧。大腦神經固然對閱讀理解能力有影響，但是產生差異是有改變的可能。在改變之前應該知道在兒童閱讀能力發展預備階段，每一個階段的一個問題，用什麼策略可以突破困境呢？所以為兒童閱讀階層學習困境與突破策略編附表一，以供參考。

附表一（作者自行整理）

閱讀困境特徵／閱讀階層學習突破困境策略
(一)基礎性閱讀困境與突破 1.喜歡閱讀圖畫，不愛閱讀較長且複雜的語句。／從語意提問做突破。 2.難從情節的一件事進行聯想。／從故事角色的對話引導推演理解突破。 3.閱讀報告憑記憶說故事大意。／引導如何用自己的話，簡述內容，說心得感想和說重點突破。 4.不覺得閱讀很有趣。／與生活經驗聯結，激勵持續性閱讀有自信地表達所見所聞做突破。
(二)解碼性閱讀困境與突破 1.難從複句讀懂語詞的意義。／引導能從上下文句聯結理解突破。 2.難從引導比喻的句子推理。／從語義分析上下文之因果關係突破。 3.難從圖畫看出角色的個性或心情。／從經驗分享同理他人感受突破。 4.難理解長篇故事情節變化複雜關係。／層次分析故事演變情節做突破。

(三)意義性閱讀困境與突破
1. 不能從故事段落找到深層寓意。／從分段找出關鍵句子解構突破。
2. 不能從情節找到多個知識的訊息。／變化提問語句多元思考突破。
3. 不能從各段落找到價值意義。／從舉例生活價值與行為討論做突破。
4. 不能從故事延伸理解角色的情意。／以角色互換引導換位思考突破。

(四)分析性閱讀困境與突破
1. 不能說出故事情節安排的特色。／加強說明哪些寫作技巧知識做突破。
2. 不能比較故事角色差異。／加強說明角色風格與做事態度不同分類突破。
3. 不能從故事段落分析因果的轉捩點。／加強關注故事高潮的寫法突破。
4. 不能找到故事情節隱藏的線索。／加強圖畫神情觀察或文字語意突破。

(五)批判性閱讀困境與突破
1. 不能找到書的價值和內容意義。／以讀者推薦文本點出優劣做突破。
2. 不能對相似故事的內容做比較。／以歸納法找出故事的異同說明突破。
3. 不能從故事情節歸納出幾個重點。／引導說出段落重點意義再歸納突破。
4. 不能表達說明自我對書的評價意見。／單一物象引導自我感受說明做突破。

　　蓋聶的理論對人類學習結果，提出應該在言語訊息、認知、智慧、態度、動作技能，這五個方面有所表現。但是，執行上也有難度，因為每一個人都會因為腦神經發展不同，產生獨有的大腦思考結構，造成對事物認知理解的差異。生活到處充滿意象與象徵的符號，只要缺乏想像潛能啟蒙，缺乏教育性指導如何在閱讀中理解與

解釋所知的現象，會因而導致閱讀理解、統整、解釋能力不足閱讀障礙比率增高。蓋晶也談大腦訊息處理，教學者知道短期記憶和長期記憶的名詞，對理論卻仍不知如何應用，唯有理論與實務連接才能解決教學問題。所以，理解每位學童能力層次差異，將文本作漸層結構分析，協助學童有效資訊編碼組織，漸層結構，協助有效資訊編碼組織，給予個別化輔導，增進對文本結構理解，可促使教與學困境突破。

參

有意義性學習活動設計

一、Ausubel有意義的學習

　　繪本因為不是學校體制語文領域教學的教材，一直被視為兒童課外閱讀的閒書，沒有被研究如何將相關學習理論用於教學實踐。蓋聶的階層學習，用繪本做教材，奠立學童閱讀與思考的經驗，和語文表達能力不足的問題突破。有了這樣的學習可以讓學童有如何閱讀繪本，具備閱讀先備的知識經驗，開始可以進入繪本故事閱讀做有意義的學習。因為美國心理學家也是認知心理學派的代表，Ausubel認為有意義的學習是建立在學生先備的知識經驗上，以舊經驗學習新知才能產生學習的意義。以下歸納Ausubel學說內涵的幾個重點：

㈠ 有意義學習理論的內涵

　　因為人類大腦神經有主動認知的能力，具備「訊息處理與儲存」系統，在腦中形成一個有組織的層級結構或架構，較高抽象性（abstraction)、一般性（generality）和涵蓋性（inclusiveness）的

概念或原則，居於大腦較上層，特殊的或具體的事例，則居於大腦較下層。學習會將新訊息納入個體原有認知結構中的高層概念，主張學習應該由上而下，先學高層概念的知識，後學習較低的概念、定義、性質、零碎特殊事物。人大腦的認知結構會隨著知識的獲得，不斷持續重組與改變，教室常見的學習方式，有幾個類型：

1. 機械式學習（rote learning）：學習字母、符號、名詞，這種學習方法無法將新的學習內容與舊經驗取得關聯，是靠記憶死背的學習。

2. 接收式學習（reception learning）：由教師組織學習內容，有系統呈現給學生，以講解的方式教學，並在講解過程產生有意義的學習，讓學生在極少的時間獲得大量的知識。

3. 有義意的學習（meaningful learming）：指學習者能知覺到新的學習內容，和其他大腦原有認知結構中的舊知識經驗產生關聯，在新舊知識產生關聯的學習之後，內化為認知結構的一部分。

4. 發現式學習（discovery learning）：鼓勵學習者自行操作、探究，以發現學科教材所隱含的組織結構。

以上學習類型，它們並無排斥性，可以相容在一個學習過程。但是，必須依學習目標與學習能力，適切使用學習類型，甚而要有層次融入教學才能成為有意義的學習。

(二) 有意義學習的教學原則

學習雖然有以上的各種方式，但是不論哪一類型的學習，為使學童新舊知識經驗的連接，產生有意義的學習，Ausubel提出教學前導架構（advance organizer），即是老師必須在學童的認知結構中，引出一個形成相關概念的架構，有時濃縮教材重點，以便接納

新的學習。有時應用說明式架構（expository organizer）說明相關背景知識，以利學習新的知識。有時用比較式的架構（comparative organizer），比較新教材與舊知識之間的差異。以上教學架構無非是在學童已知的認知結構上學習新知，不論用哪一種學習類型的架構，都須顧及學童如何能了解它的意義，學習階段能說明理解，或者學生是不是已經有能力、有相關知識可以進行異同的比較。

Ausubel提出認知結構、有意義的學習、前導架構，都強調學習順序要有層級系統。他的理論也偏重在大腦發展、記憶、理解、聯想和延伸。至於如何能有意義地學習，不是端賴兒童自身大腦的發展，更重要的是學習課程的結構系統化，老師教材的設計，以及講述過程，如何讓學童產生有意義的學習，其有意義學習也就是資訊的理解和應用。這個學習理論的精神與應用，在於讓過去存於機械式學習（rote learning）模式，改變進入發現型學習。後人對Ausubel有意義的學習，評價認為老師的教學如果前導架構（advance organizer）地講述說明，能讓學童有新舊經驗知覺的聯繫，兒童能積累豐富的知識，有高層次認知結構，能在比較架構（comparative organizer）學習下，日漸有條理發表己見，在寫作上也能有新的創作（張新仁2003）。

所以，爬梳Ausubel的學說，與蓋聶的學說做一個比較，他們的共同點都是從人類大腦神經發展做學習與訊息處理探究，同樣認為需要有層次性結構的學習，並且要有先備的知識經驗。而Ausubel與蓋聶的不同，在於Ausubel的理論由教學應用提出方法，這些方法看似獨立的，但是因應教學的不同需要，卻隨時可以融合活用，這種說法對於有豐富教學經驗的老師不成問題。而Ausubel「前導架構」的說法，若使用於繪本教學，輔導無法深度閱讀的學

童堪稱合適。但是，如何能產生有意義的學習呢？以下用一個教學實例做說明：

二、有意義性學習《占卜鳥希希利》範例

2017年，筆者曾進行學童課後閱讀書寫教學研究，活動時間歷經四年下期與五年上期，研究對象五位學童。實際展開教學曾訪談兩位老師，他們都說這幾位學童除了閱讀寫作，其他也有學習低成就現象。在第一個學期，為他們做蓋聶階層學習計畫，突破基礎性閱讀以及解碼性閱讀困境，建立由語意理解的先輩知識經驗；繼而在第二個學期，進入意義性閱讀學習困境突破的時候，選用有原住民族文化傳說故事色彩的繪本，《占卜鳥希希利》做教材。為使學童有意義地學習，對這本教材如何有結構教學，做以下教學歷程說明：

㈠ 繪本寫作技巧結構分析

《占卜鳥希希利》以原住民族的祖靈和占卜鳥傳說，改編為現代兒童閱讀的繪本神話故事。故事設計有祖靈解決問題的智慧，以及占卜鳥在部落傳說有預測問題能力，故事對話也預留伏筆，例如：

1. 突顯原住民族的祖靈智慧，經由情節設計，祖靈提出問題，以供動物們思考，如何解決讓山上的巨石滾落溪谷的問題。
2. 在對話中投射出大型動物自以為聰明，以「大」瞧不起「小」占卜鳥的內在心理和思想。
3. 故事設計解決問題的方法，祖靈運用棍子想讓巨石滾落，這是應

用槓桿原理，虛構改變創新原住民族神話故事的內容。

4. 以繡眼畫眉鳥，是原住民族的「占卜鳥」為主角，說占卜鳥希希利發出「急！急！急！」的聲音，就可以讓大石頭滾落溪谷，留有鳥類習性探索與推理思考（陳景聰2009）。

5. 繪本《占卜鳥希希利》對於祖靈與占卜鳥「超能力」的創作，主要是為了協助理解祖靈，存留在原住民族的心中，宗教信仰的特徵與重要性。它如同劉勰《文心雕龍》的「通變」說，為使讀者理解文學創作可以承繼傳統，但是也力求創新，「設文之體有常，變文之數無方」，也說「通變則久」。所以，繪本故事既合於科學又通變實踐，保留原住民族原始神話祖靈與占卜鳥的精神，這是通於古，變於今，讓原住民族神話流傳久遠的方法（王更生譯注1997）。

㈡ 閱讀導入寫作前導架構的應用

　　繪本《占卜鳥希希利》是閱讀教學的媒介，閱讀教學要解決的問題是喜歡聽故事卻聽而不思的兒童，對故事認知只停留在「看過了」、「知道了」故事說祖靈和占卜鳥。「想不到」故事對話中隱喻性的意義，「不會說」大意以外的讀書心得與感想。閱讀之後不知道「怎麼寫」故事，無法想像創作的問題，應用以下策略：

1. 以詩歌聚焦文本的重點做情節問題討論表達

　　黑熊説：我的力氣最大

　　大冠鷲説：我飛得高看得遠

　　獼猴説：我手腳靈活爬樹最快

祖靈說：大展身手把巨石推下

占卜鳥說：我身體小力氣小

　　　　　聲音小小小小小

　　　　　個子嬌小志氣大

　　　　　讓巨石滾到山腳下

——作者自編

2. 依口訣從文本發現故事寫作的技巧

　　一個重點、三件事、一個想法，言簡意賅說故事的一個中心思想，故事情節對話三件有意義的事，從故事討論領悟到的一件事。

3. 以圖1-1，看圖獨創「新」原住民族傳說故事

　　要求以祖靈或占卜鳥為主角設計故事，在故事對話中表露主角性格與心理特徵。上課當下學童以圖畫的三隻貓姊妹遇見占卜鳥為素材，自訂題目後完成《貓頭鷹的預知力》、《三隻小貓和貓頭鷹》，故事情節依口訣設計，有故事結構和對話技巧的短篇故事。

圖1-1　老師自備圖畫教材

　　這個教學為什麼是有意義的學習？一個理由是故事導讀之前，分析繪本寫作意旨及《占卜鳥希希利》結構，熟悉教材而簡介祖靈與占卜鳥，如何存在臺灣原住民族的生活文化與心理，講述中間皆指導學習故事創作技巧概念。第二個理由是因應學童難以過程專注聽課，在講述使理解故事中心思想時，用詩歌和口訣記住

寫作要領，就是「在學童的認知結構中，引出一個形成相關概念的架構，有時濃縮教材重點，以便接納新的學習。」協助大腦記憶、理解、延伸聯想敘述學習，讓學童自動在曾有閱讀的經驗，搜尋寫作靈感，經模仿而後獨創自編故事。還有一個理由是階層性系統化結構學習，建立故事閱讀先備經驗轉化寫作能力，所以教學歷程既突破處在基礎閱讀困境，更進入解碼性及意義性閱讀的學習，兒童自編故事雖然與原始神話傳說不同，卻能體現待人處事的價值觀，發揮「通變」作用。

肆

故事鷹架學習教學應用

一、維高斯基的鷹架說

　　蘇聯的心理學家維高斯基（Vygotsky）關注學習障礙的問題，研究神經生理，出版過《藝術化心理學》，強調語言與思維的關係。在他的研究中發現幾個問題：

1. 提出人比動物多了從他人經驗中形成的多向度聯結獲得社會經驗。人可以爲了配合自身的目的改變環境，而且可以重複經驗。
2. 人類心智的發展是社會經驗互動的結果。
3. 人類會創造符號作爲溝通並改變了思考的結構。
4. 人類的行爲不僅由環境刺激所決定，還可以有人造的心理情境。
5. 人的心智年齡八歲與九歲之間、八歲與十二歲之間是有差異的，兒童可以通過模仿解決不同層次的問題，爲了模仿成功，兒童必須將自己真正已知與新知銜接（Margaret E. Gredler 2010）。

　　綜合歸納維高斯基（Vygotsky）學說特點，反觀繪本設計的作用，繪本作爲間接發展兒童社會化過程學習模仿的教材，設計人造的心理情景，輔助兒童創造圖象符號或自編故事，在不斷重複經驗

裡學習溝通，改變思考結構。維高斯基的說法，如同蓋聶和奧斯貝爾（Ausubel），都談及已知與新知的銜接。人的心智年齡是有差異性，其實說的也就是大腦記憶對閱讀學習的問題。當我們在前面章節以蓋聶結構化的學說應用，做了階段性突破學童閱讀困境時，可以發現維高斯基的兩個學說用於繪本所出現的幾個現象，做問題解決是必要的：

1. 維高斯基（Vygotsky）所言「潛在發展區理論」若用在繪本，可以讓不同年齡層的兒童經過繪本閱讀模仿，在個人生活知識的舊經驗上學習新知識，會因為聯結進行擴散性思考，不僅能因為會聯想有豐富表達，從繪本學會解決問題的方法，這類兒童進入意義性學習自我創作故事能力會增強。

2. 維高斯基的鷹架說，用於故事的情境話題裡，給予知識經驗或情感體驗，支持對問題類型思考的模仿，或者是以相關主題的其他素材，拓展個人情意的認知聯結，目的在於一定的主題範圍內，一起討論思考理解問題，表達個人較有深度的主張，評論問題能有邏輯性的語言結構。學童進入分析性閱讀與批判性閱讀時，會因為鷹架的輔助，語文與思維的關係會緊密聯繫，語文力也自然提升。

3. 鷹架是由淺入深逐步引導學習過程，學童在故事導讀的任何一個時候都需要鷹架，而最需要用在閱讀困境突破的漸層學習過程，以及情意學習對人物內在情感的理解。以上這兩方面可以能力建構起來，情意感受能抒情達意，日後已經可以獨立閱讀思考，鷹架使用的機會就越來越少了。然而，如何在情意教育中使用鷹架，對故事導讀的老師是一種挑戰。因為繪本故事的情意表達，有文藝創作的原理原則，不能把握文學情意表達技巧要領，導讀

時就難以一層一層搭鷹架，引導讀者在情境中思考問題、解決問題。所以，我們先了解繪本的情意怎麼寫，再說怎麼搭鷹架做情意導讀教學。

二、繪本情意與導讀鷹架

喜、怒、哀、樂，悲、歡、離、合、焦慮、嫉妒、羨慕、恐懼……是在某種情境產生某些情緒反應，造成心理情感的變化。作家常用動物或昆蟲生活特徵以物擬人化，在情節中讓讀者了解角色的情意。這段話用了情緒、情感、情意，三個相似語詞，人們常混著使用，其實三者的詞意和發生有些微的差別。越能清楚認識詞的本義，有助於正確表達自心內在心理反應。當人受外界刺激而發軔是情感，人的情感有意緒心思稱情意，若干感情的情意結合成複合作用爲心境或情緒。情感是藝術創作的原動力，人生活會因爲某種情境產生不同的情緒和各種心思，藝術創作必須對人不同時空際遇的情緒或情意做「美」化處理，讓一般人能理解的情感或情緒通向意義化，深度感受角色的情意並且產生共鳴，自然拉近讀者與作者之間的距離，繪本藝術處理人的情感表現方法，不可缺少以下兩個基本要件：

㈠ 真誠性

羅丹說：「藝術是一門學會真誠的功課。」劉熙載《藝概》認爲，「詩可數年不作，不可一作不真。」這裡的真是真誠。海明威認爲作家的工作是告訴人們真理，作家能正視現實，就能以真誠態度反映生活。文學的真，其實是真切引導讀者觀察現實世界，心靈

的真、體驗的真、感受的真，「真」是所有文藝美學的要件。作家沒有真性情，作品沒有真的性靈，是無生命感的空談。優秀的作品是因爲真誠流露情感而使人感動，虛情編織的故事無法細緻描寫心理情緒的複雜，無法深刻反映人內在心思，所要傳達的意念也只能在文字上以形容詞堆積，字裡行間看不見作家的性格和語言風格獨特性。寫作的真誠情感一個是文如其人，一個是所創作現實生活的情境，能讓讀者共同理解並且感同身受愛與善的情意。繪本以赤子之心流露真誠的情感，這是所有創作者共同遵守的法則。什麼是兒童真誠的情感？以七歲兒童寫《鳥飛千萬里》故事爲例。小旬這位小作者，構思時以候鳥爲背景，這是寫實生活知識，設計遇到天候變化飛行困難做高潮，解決問題呈現作者的風格，所寫的情節，言說的口吻：「天天，冒著暴風雨，飛了好幾圈，終於找到了一個柴房，裡面有乾燥的稻草。幫助大家去到柴房休息，還找來了食物，並鼓勵大家：大夥加油，只要我們團結一致，互相照顧，我們一定可以到達南方。」這一段呼告法的內容，振奮人心，像在學校有「小教官」作風的小旬，行事態度負責任與正義感的性格，作者寫作對真實生活情感與態度內外統一就是真誠。

(二) 趣味性

　　趣味是一種令人感到愉悅的情感，它包含「趣」和「味」兩方面的含義。「趣」能給人愉悅感，有生理的愉悅，有心理或社會性的愉悅，有深邃的社會內容或人生哲理，需要用理智去思索；趣味性的情感，不是膚淺的愉快或貧乏的愉快，它容納人類所有複雜而且豐富的情感，經由鎔鑄、鍛造、昇華，而有深刻回味無窮。「趣」，袁中郎認爲：「得知自然者深，得知學問者淺。」這不是

指學問無用，而是說「趣」主要是一種如「山上之色，水中之味，花中之光，女中之態」的感性愉快，一種在欣賞大千世界之美而產生的，出自於至性至情的愉快。它需要人自己去玩賞，去體察，去品味。而靠讀書，靠研究學問，靠人家的結論去討論生活，缺乏自己的觀察賞鑑，缺乏至性至情，是很難獲得深層次的樂趣（陳望衡2007）

　　「味」是文學審美的效應，繪本有味的創作，物體形象塑造講究形似，例如山水風雲、草木鳥獸蟲魚做相貌特徵，畫出桃花的鮮豔、太陽的容顏、白雪飄落的形狀、鳥飛的動態、蟲鳴的聲音，畫境觀物要能栩栩如生。對人的形體描述，重視形神的刻畫，以形傳神，傳人物的精神、生命的狀態，在情景中不言而寄託在一舉手一投足，讓人的內在精神自然反映出高尚氣質、品性、道德……在形象創造由可感表象型態進入內在精神，閱讀時有情深意濃之感。繪本創作要讀之有「趣」又有「味」，在寫實之外，較多以荒誕、誇大、滑稽、變形醜怪……為趣味形象設計，需要通過想像感受角色不同情境的心境。所以，繪本的趣味性情感，不是讀起來覺得「很好笑」這種低層次審美。從藝術創作心理而言，趣味以假作真，以虛構的形象，引導讀者由創造性的想像，認識不在眼前而確實存在現實生活的一種境遇和情感。想像可以超越眼前的時空，超越具體形象思維進入抽象的思考，避免寫實單純的模仿，失去藝術的美。越是高年級兒童閱讀的繪本，越是「以形寫神」超越表象「形似」創作，即是在不失趣味下，更重視從角色外在形象，傳遞內在的精神、性格、情意。

　　以漢娜‧約翰森寫《想生金蛋的母雞》為例，整本書黑白圖畫，創意性畫出雞的肢體動作，雞的外在「形似」在神韻模樣生動

有趣味，用兒童的話說：「這本書很好看！發生的事情很有趣。」這本書的翻譯者，介紹母雞：她是一隻還不會生蛋的小母雞，但是她有大夢想。有夢想很好，有勇往直前的人生態度更好。小母雞的人生態度是不管別人怎麼笑她，她想學唱歌、學游泳，她還想生金蛋呢！「不管，我就是要試試看。」小母雞一連說了三次。她知道，別人說什麼不重要，她知道，勇於嘗試，就是快樂的來源。小母雞不怕給自己找麻煩，即是以小博大，也要讓自己的人生有「闖闖看」的機會。「不管，我就是要試試看。」是小母雞的座右銘……（汪培珽2012）。

努力活出自己，追求夢想實踐的母雞，從角落小洞看見外面的世界，綠草藍天，激發探索的好奇心，不斷把小洞啄開，去田野上唱歌，讓受虐的三千三百三十三隻母雞，都一起到麥田呼吸新鮮空氣。故事情意創作符合趣味性特徵，養雞場生活環境與雞的習性寫實，符合西方從希臘開始主張文學是生活的模仿這個創作要件。這一本敘事文學，在語言、圖象、意境，三個關係做聯繫，小母雞不受命運主宰崇尚自由，性格普遍性中有獨特性，貼近真實生活，又有複雜多變和新奇感的想法，符合圓型人物的性格形象，產生動感吸引力的關鍵，複雜抽象的情意由活動行為帶出鮮明性格形象（董學文、張永剛2001）。

如何為讀者搭情意理解的鷹架？可以試著促發思考：

1. 作者從哪幾個方面，協助讀者認識小母雞？例如故事在性格形象、心理意象、對話特點，由此縮小範圍引入專注人物觀察做第一層鷹架，引導注意作者所要傳達角色形象的意義。

2. 第二層鷹架可以圍繞在小母雞的性格探討，漸層引導一個追求自由的人，性格與行為的關係是什麼？實踐夢想的因素是什麼？

3. 第三層鷹架說明小母雞是圓型人物的特徵，引導從故事找到相對性靜態的扁平型人物，比較表達兩種人性格與行為特徵。

4. 第四層鷹架，引導認識自我的性格，分享生活中一件有意義的事，如何完成而讓自心有美感的喜悅。

5. 第五層鷹架，延伸話題，假設小母雞是你認識的朋友，如何表現對朋友理解，描述自己對小母雞的性格與心理或行為的想法。

　　繪本作為情意學習的教材，生活點點滴滴的情緒、生活態度、社會現象反映⋯⋯無所不包，不勝枚舉。兒童從模仿想像角色對話內容，能移情到自己的生活，情意感受可以自然產生。但是，從閱讀要讓讀者與作者產生情感的共鳴，有些時候卻會因為彼此生活的時空背景差異，心智年齡無法對一種情境事理領悟，縱然繪本間接提供社會經驗，仍需要老師為之搭學習鷹架做引導，發揮輔助理解感受作用，否則淺顯易動的繪本在有「趣」背後可以學會什麼，兒童是難以把握的。

伍

看！這個孩子學習故事

一、老師說一個真實的故事

　　生氣了，是日常生活常見的情緒。生氣了，怒吼、哭泣、用任何方式發洩出來，就不生氣了嗎？不生氣是一時地停止生氣，還是學會隱忍、控制，讓內在生的氣不再爆發出來，成為他人眼中懂得情緒管理或有修養的人？一個人如果生氣的頻率高，會影響日常社會生活與他人的互動關係，長期積累壓抑情緒，也會影響心理健康的發展。情緒需要被溝通，對兒童生氣的情緒行為如何通過繪本溝通，是不是說一個與生氣有關的故事，提問對答認識自己的情緒行為就是溝通呢？很多人是這麼做沒錯。有句話說：「生氣是短暫的發瘋。」對於經常生氣，短暫性發瘋，已經影響學習行為的兒童，沒有探究根源之所在，能解決問題嗎？在小學擔任語文教學的碧君老師，說一個真實的故事：

(一) 案例的語文特徵

　　小俊，不會表達，說話常常是不流利的，讀故事也會出現

漏字的情況；在學校很多時候會因為遇到挫折就會產生較多的情緒累積，累積後就開始很任性，任性的時候就很容易生氣跟同學和老師發生衝突；會打同學、罵老師等。學習上，字的書寫非常工整，可是字詞容易忘記；閱讀理解困難，常常在測驗中不寫問答題，說自己不會；作文寫得比較簡單，情節描寫有時上下文連接不上。非常喜歡畫畫，在生氣時會畫畫，畫出對某人的生氣；在被批評的時候會畫，畫出當時的情景；開心的時候也畫畫，如畫出課外活動時踢球的情景；有時也會將自己的想像畫出來。畫人物很有形象，色彩也挺分明的。畫的時候很專注。很多時候會將事情的經過通過繪畫的方式表達，他說畫出了經過就像把壞心情都放出來了一樣。而且通過描述畫面的內容，還可以進行自我反思，知道自己的哪些行為是要調整的。跟同學雖然有良好互動，但是朋友不是很多。

(二) 家訪探究原因

　　記得有一次他在期中考試的時候作弊了，被同學舉報，被老師批評了。在上第一節課他就開始有些情緒反應，比如身體有些躁動，開始有淚水、鼓著臉等。到了早上的第三節課，他就開始搞亂課堂紀律，跟老師唱反調，還罵老師。到了第四節課老師請他留下將剛才的過程寫下來，他就開始寫，可是寫到自己罵老師的部分就說不記得了。過後還不大願意道歉。於是前往家庭訪問，了解家庭教育的情況後，發現小俊幾個特徵：

1. 寵成習慣的任性

小俊是家中的老二，有一個哥哥，爸爸是生意人，很忙。跟他談小俊的事，他父親就把身體轉九十度這樣對著我，感覺是不想面對。我跟小俊媽媽溝通，媽媽不是很能言善道。在上一年級，我剛教他的時候，跟媽媽提起他的問題，媽媽哭了，說搞不定他，連哥哥都怕他，讓著他，從小在家想要的應該大部分都可以滿足。所以他面對想要的，要不到挫折會有較多的情緒累積。在家任性慣了，可是在學校任性是肯定不被接受，之前的情緒累積沒有適當渲洩就爆發了憤怒的情緒。

2. 語文表達啟蒙不足

媽媽對孩子語文力的培養比較弱，小俊因為語言表達方面有些障礙，遇到事情不會表達出來，只有壓抑，壓抑了一件、兩件、三件，甚至更多的時候，內在的負面情緒比較滿了，就趁機在一些事件上爆發出來了。不大會表達造成他比較容易生氣。不會表達還表現在事件過後，他不會講，不會講事情的經過，就算講出來都有點像寫作文，上下文有點不連貫，必須通過提問事情的經過才得以具體化。所以，也不會道歉。

3. 不道歉延伸心理探究

不會道歉的原因或許是還沒有將所有的負面情緒釋放出來，還壓抑著，不舒服，所以不想道歉。因為每次他畫畫結束或者過了一段時間，情緒平復，他是可以道歉的。還有一種情緒就是他的自責，因為自己控制不了情緒，其實過後對於打同學和罵老師都是充滿愧疚的。愧疚會使他內在失去對自己的信

任，通常發脾氣的事件越頻繁，他會越不自信。所以在一、二年級他基本上沒有舉手發言，他不敢。到了三、四年級發脾氣的頻率降低，他就會有有些自信，敢舉手發表自己的看法，作業也更用心了一些。另外，他罵完老師之後寫不出那個過程，自己說不記得，其實他因為心理很自責，不想回憶那個過程，所以寫不出，說自己不記得。

(三) 選擇繪本故事溝通情緒

　　小俊的情緒問題探究後，我想讓孩子知道任何人都會生氣，這是一種每個人都有的情緒；於是繪本選擇《我生氣了》。這是美國的繪本，故事描述了一個叫安的孩子，有一天自己在家堆積木，然後爺爺叫吃飯，他不想，後來積木坍塌了，他很生氣。爺爺叫他回房間冷靜一下，他在房間跟生氣怪物相處的整個過程。這一部分是重點。最後安冷靜可以跟生氣怪物和平相處，自己冷靜下來了，最後跟爺爺吃飯了。選擇這本繪本的原因：

1. 安剛開始生氣的表現跟我班的孩小俊很相似，都是在顫抖，然後流淚等，讓孩子讀的時候有切身的體會；
2. 安跟生氣怪物相處的過程是重點，讓孩子去讀讀這個故事，看看安是怎麼做的，看對自己有沒有啓發？
3. 以這個故事入手，問問孩子在家的時候是否也有生氣的經歷，他是怎麼面對的。

（四）繪本閱讀與提問回答紀錄

　　小俊自己讀故事，讀得很認真。我問：「你說在讀到安解決了自己的生氣時，你很喜歡這一段，為什麼？」回答：「安他會用深呼吸的方法，還有自己會獨自在一個地方解決問題。」小俊開始從繪本懂得處理情緒的一些方法。我想引起小俊從繪本故事到關注自身的問題，我問：「你覺得自己跟安有相似的地方？」小俊說：「有時候我不開心也會在自己的房間。」這時我想到小俊有事情發生也想自己獨處，可是在學校有點難，如果再加上其他孩子異樣的目光，甚至有挑釁，他就更受不了，以前出現過這樣的狀況。於是我又問：「你關門了以後在自己的房間做什麼？」小俊說：「在床上，在哭。」我問：「床上躺著哭，當時也還在生氣嗎？之後呢？」小俊說：「哭完就好了。」我最後問：「你覺得安這個生氣怪物是虛擬的。人為什麼會生氣啊？究竟生氣以後會不會有生氣怪物在裡頭呢？」小俊回答：「可能會有。」小俊的回答總是很簡單。

（五）對故事處理情緒的認同

　　在故事的提問回答中，我試著感受表達以提問法讓小俊思考，我問：「你的意思是生氣的時候心裡可能有怪物，只是我們沒有看到，繪本中就將它畫出來了。」小俊簡單說：「是的。」我又問：「故事裡面提到一個情節說安跟生氣怪物在房間裡面大喊、跳舞，你讀到這裡覺得怎麼樣？」小俊說：「覺得他們是在釋放心情。」我問：「你下次不開心的時候可不可以像他一樣去釋放心情？你看完繪本，下次遇到生氣會怎麼

做？」小俊回答：「我會在小房間裡畫畫。」這時我再確認地問：「在小房間裡面畫畫，這是你跟生氣相處的方式？你會不會畫一下生氣怪物？」小俊的回答除了「是的」、「會的」，沒有太多的感受表達。

　　從碧君老師所陳述小俊的故事，雖然看似家庭語文教育啟蒙不足，影響情緒溝通障礙導致暴怒謾罵的行為，卻無法確認是語文障礙所引起；有更多的經驗可以證明兒童的語文表達，需要經由模仿說話學習如何表達，缺乏階層性由閱讀語文輔導，多數兒童發展至成人，不是人人發表己見都能夠有條有理，語句完整，詞能達意。如果能夠再次由《我生氣了》的繪本，讓同儕問題討論，會比單獨和小俊聊生氣時心裡怪物出現的感覺，更能夠發揮輔導效果，畢竟老師已經注意到小俊生氣了，如果受到同學「異樣的眼光甚至有挑釁，他就更受不了。」所以解決問題就應該讓全班一起認識自我的情緒、理解他人的情緒感受、學習如何自我情緒發洩的方法，由此一起經營和善相互接納包容的學習環境是重要的。

二、老師提問的反思與改變

　　人的心理受外界刺激，產生情緒反應是必然的，任何情緒發洩都應該得到支持，但是支持並不是任由行為失控無法自律，對小俊情緒的支持，雖然碧君老師試著應用繪本，引導陳述生氣當下心裡狀態，描述事發後心裡感受，澄清負向情緒與行為的關係，試著協助以新的角度，看待生氣的情緒。但是認識自我情緒，缺少自我體驗發現，讓自心趨於自在。所以碧君對自己的提問做以下反思：

我的提問是否能讓小俊在生氣的時候，開始多些留意自己的身體，發現自己已經生氣了。我不知道這樣的引導是否對孩子有幫助，我自己想引導的是告訴他有生氣怪物很正常，可是好像收不到效果。我們主要是傾聽，可是我自己有點急。自己的感覺是代替了孩子的感覺，我想小俊的語文力只在基礎性閱讀的程度，解碼性閱讀還是不行的，可以在這個方面努力。雖然小俊的回答，沒太多對他人生氣情緒有同理心的感受。但是，小俊也不喜歡接受生氣怪物的出現，生氣怪物一出現也想著趕快讓自己的情緒變好。

　　繪本以故事體創作，角色之間的對話，極為口語化，不說教、不勸說，讓兒童學習理解自己與他人的情緒、情感、情意，以及自我的情緒如何被接納，進而模仿故事，能夠與自己的心對話，用心管理自己的行為。當對他人的情緒能有感同身受的表達，人際關係建立相互的理解和信任，深切感受對話的美好，樂於用溝通對話抒發情緒，感受在支持下真誠表達被同理的愛，故事導讀能發揮示範作用，繪本就有了價值，故而碧君老師再次嘗試與小俊對話。

　　你覺得是不是每個人心裡都住著生氣怪物？生氣怪物是你身體的一部分，當你因為事情不順利生氣的時候生氣怪物就會出現。生氣怪物出現的時候你會大吼大叫，任意毀壞東西，甚至還說一些特別難聽的話去傷害你愛的人。《我生氣了》最後爺爺提到自己也曾經見過自己的生氣怪物。你生氣的時候身體有什麼感受？看到生氣怪物，你有什麼感受？你覺得為什麼生氣怪物會從大變小呢？

陸

故事溝通理解我生氣了

一、繪本故事教會情緒溝通

　　小俊的心情故事，就是情緒溝通能力沒有被啓蒙，心裡發出情緒的訊息，沒有被重視，當轉化成憤怒行為，成人終於看見「小俊生氣了」，事實上，成人對於兒童情緒的理解，經常以個人主觀推論因果關係，未必真正理解小俊爲什麼生氣。繪本故事有一種魔法，從不同的角度看問題，會看出不同的訊息，從不同的問題思考提問，繪本故事可以找到問題的解答，因此《我生氣了》，繪本故事有哪些訊息，讓讀者學會情緒溝通的技巧？

(一) 情緒認知訊息

　　通過故事，說生氣不僅孩子會生氣，爺爺也會生氣，爺爺說：「當我還是孩子的時候，我也見過我的那個生氣怪物。」心理的怪物會告訴孩子們，自己在生氣的時候，會做出一些令人討厭的舉動原因，以及如何處理情緒的方法。爺爺說：「你現在很激動。你先會自己的房間，跟你的『生氣』待一會兒吧。等你冷靜下來的時

候，我再找你談。」爺爺的做法告訴我們作為旁觀者，或者親朋好友，當遇到有人生氣的 時候，我們可以用什麼態度面對，可以怎麼做。

㈡ 情緒管理方法

故事給了一個情感表達很好的示範，當安已經不生氣 的時候，他跟爺爺說：「對不起，剛剛我沒聽您的話。那時，我太生氣了，因為我想再玩一會兒。」安對自己的行為向爺爺道歉，爺爺對孫子也表示理解，道歉與理解，認識重新建立情誼關係的方法。生氣怪物說：「你說得對，但同時我也是你的朋友。當你生氣的時候，你應該和我一起坐一會兒，這樣你會覺得舒服些。」

情緒需要通過溝通，使能有相互理解，接納彼此情緒的可能。繪本反映日常生活互動中的情緒，情節的角色對話，指導兒童情緒溝通、情緒管理、同理他人的情緒。繪本從畫面人物表情、語言、肢體動作……創造形象，留有情緒觀察的線索。如果想要指導學童以故事溝通，理解「我生氣了」的情緒意義，並且為了滿足兒童互動對話分享情緒的引導需要，成人必須學會讓提問的內容更多元，為此成人也必須重複閱讀同一本繪本，重新探索故事情節中的對話，找到故事更深一層有意義的線索，進入開放性提問思考：

1. 想想看自己有沒有曾經遇到過跟安相類似的事情發生？
2. 你怎麼樣跟自己的生氣怪物做朋友呢？
3. 你怎麼看安跟生氣怪物跳舞？
4. 你生氣了會怎麼樣發洩情緒，會怎麼樣向別人表達你心的感受？
5. 當看到別人生氣或者有不好的情緒你覺得應該怎麼做？
6. 請畫自己生氣時像什麼？說明為什麼這樣畫？

7. 看圖自編我生氣了的故事，在情節裡面注意到發脾氣的時候，旁邊的人是什麼樣的感受？

重新提問設計的內容，以上七個要項可以在兒童分享情緒經驗中，發揮幾個教學效果：

1. 發展內省智能，反思生活中曾經有過的情緒，害怕、生氣、失望……並且將體驗感受做表達。

2. 在不同人表達情緒產生的因素，以及描述與情緒怪物相處的方法，反映趣味想像的語言，從中模仿說話技巧，分享情緒經驗的口語表達，看出兒童語文智能的特徵。

3. 從兒童情緒表達，引起情緒的問題歸納，哪些因素產生親子相處不和諧，父母教養方式以及語言，為什麼容易引起學童憤怒情緒，從故事到學童個體情緒反應魚行為，延伸認識家庭教育對兒童情緒管理的關係。

4. 兒童從故事情節連接自己的經驗，在個人的情緒體驗，引導學習問題獨立思考，情緒表達溝通方法，降低日後面對折產生的情緒困擾。

5. 經由經驗分享什麼情境下會有被激怒情緒，學習他人心理情緒怪物相處的方法，對「我生氣了」這件事的認知，從個別化到普遍化，每個人對他人的情緒因此有理解、接納、包容、有同理的情懷。

應用繪本進行故事情節引導討論，以及讓學童能情緒經驗分享，故事為什麼能產生輔導效果，因為成人參與其中的責任，是為兒童經營一個支持性分享與討論的成長團體，討論的焦點是大家關心的問題，並且與自身息息相關的話題，而不是個人的問題。成人主要是扮演促進相互談話的角色。因為將情緒問題普遍化，討論中

體驗人與人的關係，修正自己的觀點想法，學會情緒或情感的表達，團隊之間因為討論溝通意見更有凝聚力，所以在分享繪本「我生氣了」這個故事之後，事我的情緒都因為被同哩，心理也會有美的感覺，不知不覺改變行為。

二、探討小俊生氣了的改變

小俊的故事，隨著指導提問技巧與團體輔導策略，實踐結果小俊改變了，碧君老師說：「經過全班共同討論《我生氣了》之後，當下的作文內容擴增篇幅，這是小俊作文內容寫最多的一次，上課有情緒可以畫畫讓心平靜下來，不再影響上課的秩序。」由此重新對小俊的問題分析作新的問題探討報告：

1. 推翻小俊的語文障礙，導致無法表達情緒的推理，除非經醫學證實小俊的語文書寫能力，腦神經發展影響語文遲緩，否則可以判斷語文啟蒙不足，學校語文教育缺乏由閱讀、說話，導入寫作表達經驗的教學指導，造成書寫文句無法連貫說完整的複句，閱讀沒有經過老師深化性的文本解構，經提問從故事看見情節的意義，所以閱讀理解停滯在基本性閱讀，無法對故事段落情節作解碼。

2. 小俊的改變是老師給予抒發情緒出口的空間，老師能允許小俊當自覺情緒怪在畫自我心理的話之後，看圖說話，自編情緒的故事，給了一個看見心理意象和創造性想像表達的學物出現的時候可以畫畫，給了一個淨化心靈的時間與空間和怪物和平相處，並且習，想像可以改變大腦原有執著的意識，由此「轉念」而改變。

3. 每個人在生活中都可能會有情緒，生氣和哭都有自己的權利，溫和方式認識情緒，讓學童由不理性到理性，學會情緒管理。故事

注意到發脾氣當下對人際關係的影響，引導從配角對話理解情緒失控的嚴重性。以同理心思考憤怒情緒爆發的時候，有時候成人都有越說越說不清的經驗，何況孩童言語表達力不足，處在憤怒無法有效表達，有理講不清的窘境過後，不被理解容易沮喪有無助感，將心裡怪物的意象通過畫畫表徵說明，用圖象符號取代語言符號認識自我，用自己的圖畫說故事給同學聽，教學實務由認知或強迫控制情緒轉化情緒溝通，對小俊的情緒被理解認同不被挑釁，自然是一種美感經驗。

　　從老師說一個故事，以及如何應用繪本，不斷探索故事，找尋訊息的線索，指導老師以全班溝通理解「我生氣了」，目的在讓老師從個案的問題解決，真確認識小學生閱讀語文力發展，對心理與行為的影響。一位教語文老師，如果也能在發現兒童心理障礙的同時，藉由繪本進行團體輔導，其實兒童的「問題」能適時改變，就不容易有問題兒童。於此回顧過往繪本說故事，繪本被視為課外閱讀，指導閱讀多數關注語文字詞認知，總是一面閱讀一面詮釋詞義，不知道從故事創作找到可以提問的話題，不知道教讀者找到故事的樂趣，看見作者的創意，提供解決問題的智慧，借鑑故事讓相類似問題的讀者，一同參與作品圖畫或文字想像作家構思的目的，由內容推理作者沒有說的部分，找到故事隱藏性的訊息，從象徵想像找到人某些感受，當無法直接用語言說出來的時候，通過圖畫傳遞人內在精神心理世界的美感抒情畫意，所以與其說小俊改變了，還不如說改變老師教學觀念與方法，老師能教得不一樣，結果也會不一樣了。然而，如何應用繪本教學呢？

柒

教學把握寓言訊息處理

一、繪本寓意的訊息

　　繪本圖畫和文字都承載著訊息，而訊息的處理即便是口語的說話，或簡單的圖象都有深淺不一的寓言性。寓言是寄託故事來說理，寓言故事的虛構性和富有幻想色彩，不會產生說教的排斥心理，可以在寓意中推理思考，所以有寄託虛構性的故事，中西方都作爲閱讀的教材。寓言除了用在故事體之外，同樣可以用在詩歌體、散文體，作爲語言文句的修辭使用，例如用在詩歌，以兩個物象形式相似的特徵比擬想像，甲好像乙用於啓蒙聯想，有時抽象情感寄託在具體物象，有時候爲了使讀者容易理解，隱喻藉物象比喻向讀者暗示，隱含其他意義或沒有表露的思想。

　　從文學意境創作美學而言，寓言或比喻性寓意的技巧，讓作品產生含蓄的美，文字語句留給讀者意猶未盡的感覺，或想從情節中產生推理思考作用，使閱讀過程有所感悟。寓言性文學的寫作，有以人物爲主角，也有藉動物爲主角，或以大自然的素材使用擬人化手法創作，有時反映對社會的觀察或人類心理性格，有時在寓意裡

推敲事理啓蒙兒童的思想，有時是生命哲學，有時是學會生活的意義，也有人生追求的價值觀，它對讀者情意做滲透，發揮文學藝術對人性、人心默然陶冶作用。例如：

〈樹是鳥兒的家〉這首詩，爲圖畫意象創作童詩，作爲兒童閱讀的教材，它是單幅畫面單張的圖象，搭配短短的詩歌，將樹的肢體形象，以擬人化表達樹的情意。創作當下只因爲人的眼、耳、鼻、舌、身，受到外界的刺激，促發感官知覺，產生美感並且在所見的圖象做思維，將景物觀察在寫作賦予意義化（見圖1-2）。

圖1-2　樹的意象

〈樹是鳥兒的家〉

枝芽伸出歡迎的手
輕聲細語的說
藍天飛舞的鳥兒
來吧來吧
小嫩芽一葉一片的長著
一縷陽光照亮茂密的綠樹
晚風吹起浪般的樹葉
這裡是鳥兒
春暖夏涼　秋雨冬寒
遮風避雨的家
來吧來吧

——撰文：張嘉真

繪本傳遞訊息在圖畫與文字裡，都可以有寄託性寓意。雖然敘事離不開時間、地方、事件，但是文學不能寫成生活的紀錄，對於事件的敘事，不能從頭到尾說一件事，所寫的內容固然是社會、人群、年齡、心理、心靈，普遍性存在的現象，創作者也需要在同一事件下觀察分析以後，刻畫主要的特徵。思考這個特徵要如何讓讀者了解並且感受得到呢？應用對話設計事件發生的情節，不著痕跡引領讀者在美的感知下觸動心弦。一部好的文學作品，不是話說得越多越好，而是簡短有意義的對話，對話中留下應該說沒有說的伏筆，能夠讓讀者循著語言脈絡的發展，找到不同層次的意義。繪本是文學，也是繪畫的藝術，詩畫同源，都須符合文藝創作理論的要求，對於訊息的處理由表及裡都要有美的創作元素。

　　〈樹是鳥兒的家〉語言白話卻有寓意，同一首詩在不同讀者的感受下總有不同的詮釋，有的用個人知識經驗，有的用情感體驗溝通，還有的從文本顯露的不同情調，產生閱讀當下的感覺，用視覺形象激發起來的情緒溝通，更有的用理性知識表達。多數兒童對文學或繪畫等藝術的閱讀溝通理解，最初是感性多於理性，在沒有接受導讀之前，兒童用直覺感性閱讀溝通。像低年級的瑞謙：「我感覺這棵樹是善良的。它幫小鳥遮雨，讓燕子在它的枝頭唱歌，讓蜂鳥在它的樹枝上搭巢，讓啄木鳥在它身上找蟲子。讓小朋友在它身旁乘涼，在它身上像小猴子一樣地盪秋千。」這種回答完全不符合提問標準答案嗎？或許是，但是完全符合低年級學童以感官直覺聯想表達知覺感受，從詩文的閱讀結合知識經驗，介紹對鳥的認識，樹上有燕子、蜂鳥、啄木鳥，介紹小朋友盪秋千的遊戲；能用敏銳的心，微觀的視角觀察事物，以豐富的創意思維想像超越具體表象所見，以同理心詮釋感受作者沒有說的寓意現象，重新賦予所見所

聞新的意義。

　　兒童觀察〈樹是鳥兒的家〉這幅圖象，以枯枝形象思維好像伸出歡迎的手，也思考爲什麼輕聲細語地說話？圖畫的景致與詩的語句對照，時間是如何轉換的？鳥兒的家有何特色？兒童回答這些答案時，有的會從圖片的光源變化思考，有的換位思考，想想枯枝落葉之後，小嫩芽一片一葉地長著，樹爲什麼呼喚鳥兒「來吧來吧」理解樹的心境。更有中高年級的兒童，會從知識性與功能性思考，樹可以有防止水土流失，可以提供食物來源，以知識性的思考回答問題，從文本的語言文字思考領悟其中的奧義，從文章的語意理解，進入推理與思考，延伸話題表達個人心理感受。所以，從兒童對詩歌的解讀意義詮釋，證實兒童是有能力對寓意性訊息深層理解，體現個人化的心智技能。

　　繪本創作圖畫結合文字，以視覺感官對物象觀察，協助兒童做具體的理解。兒童從「看見」觀察圖畫的形象，再與生活經驗或知識經驗做聯結，產生聯想的感知間接認識生活的世界，有的在生活體驗應用與舊有的知識結合，有先輩知識經驗重新發現產生概念，兒童在此歷程可以從感官，自我建立起多管道獲得各方面訊息的能力，從故事訊息激發內心的感知覺，間接擴充生活知能，閱讀能力從表象意義訊息「知道了」建構知識描述的語文力。

二、深層意義訊息的推演

　　繪本口語化的內容，因爲具有寄託與暗示性，即便是感官可見的圖畫，有趣之餘有溫和含蓄的美，繪本的美常讓兒童無法用語言表達抽象情感，似乎只能意會不能言傳，這種美的力量，留有可供

讀者思考的空間，擴展視野產生閱讀的吸引力。一部具深層意義的繪本，它的寓言性比較強，有時會讓缺乏知識經驗與多元思考能力的兒童，閱讀時不知道「怎麼樣」看出意義的訊息。相對地，經常從故事寓言性分析語言而思考的學童，比較能從圖畫或文字找到深層意義訊息，可以獨立思考一個生命教育的話題。

例如《獾的禮物》，有許多位配角，畫家筆下都為之塑造一種形象和個性，兒童可以在觀察後描述，青蛙的滑冰姿態、學會剪紙的鼬鼠，在失去獾的夜晚，思念的眼淚，搭配窗外寒冬的景象，情景與情緒……在故事情節發展如何表露有快樂、有悲傷、有回憶的情境。兒童閱讀之後，通過提問導讀可以知道故情節想要處理的事，並且從各個角度表達自己的想法，掌握故事大意重點：

1. 讀者普遍存在對死亡無知的恐懼，想讓大家不要害怕死亡的離別。
2. 獾是個讓人信賴的朋友，樂於幫助大家，獾死的時候朋友們都很難過。
3. 獾把所會的技能都教給了他的朋友。
4. 獾在別人需要幫助的時候幫助他，還將自己的獨家祕方告訴他們，所以在他臨死之前，朋友們才會很想念他。
5. 獾所做的也許就是一個好朋友要做的事情吧！如果能對死亡有不一樣的體會，生命的意義不是在於他是否活著，而是在於他的精神是否存在。

《獾的禮物》是一篇以物擬人化的故事，寓言性並不明顯，內容偏向感性平和，由對話隱約透露主角的性格和精神心理，以及人際關係互動結果，很多線索經過訊息加工傳遞精神、情緒、知識、

價值、性格、品格、道德……。它和不同類型內容的故事一樣，依不同情節發展，或寫作目的不同，甚而因為地方民族性和文化的風格差異，設計和組織訊息結構，想要自我訓練如何獲取有價值意義的訊息，不妨試著問自己：

1. 故事如何傳達認知訊息、情感表達要領、人際互動方法的教育性？
2. 情節設計使讀者感受溫馨產生美的情意，如何定義繪本美的特性？
3. 故事對話找出所寄託的一句話，推理說明寓意什麼思想或情感？
4. 故事體現正向思想與價值觀，從故事列舉出哪些問題值得思考？

　　進行繪本寓意性的解讀，可以經過兩個途徑：一個是由觀察進入想像而後語言詮釋。在這個歷程要有敏銳的觀察力，觀察是訊息搜集的第一步。觀察搜集到所有訊息可能只是眾多讀者都知道的表象訊息，想要有與眾不同的觀點，必須經由知識或情感的連接，通過聯想與文字描述融入情境的想像。這個想像一旦能和自己先備的任何一種經驗形成概念和想法，就容易解開寓意的內涵，可以獨創表達己見的想法。

　　繪本寓意多層次的意義訊息，圖畫是作為文字理解的輔助作用。口語化的繪本閱讀為什麼寓意不容易深度理解？這是因為文學的寫作，美存在客觀的物象，人可以經由物象的形體感受思辨，理解世界的特殊形式。但是，為了使語文內容豐富、生動、耐人尋味，處理人、事、物，內在心理活動，是藉由上下文或前後文連貫，在起承轉合做變化，讀懂它的寓意要對語言的語境有審美能力。「審」字有主觀的理解、認識、感知，思辨、分析，繪本的訊

息要在語境中審閱語詞語句如何組織，圖畫的不同類型是否與社會某些文化寓意相關，語言文字對不同情境如何描述繪本情意美感，繪本藝術家的個人創作，是不是有語文風格或圖象表情的規律，這些雖然具有對藝術理解的專業性，在繪本不難找到線索，而是如何引起讀者感知。

故事導讀能重視感知覺的啟蒙，對於閱讀無法專注，或難以對生活事物，有敏銳覺察感知的兒童尤其重要。人的感知能力經由外來的刺激，通過覺察、想像、聯想、推理、整合、賦予某種意義表達，因此越能啟發兒童的感知，兒童應用語文表達的內容將更豐富。我們嘗試指導兒童感知繪本寓意訊息，以及發現知識思考的樂趣，激起對生活問題探索好奇。更神奇的是有一次應用《獾的禮物》，輔導無法走出爺爺在他遠遊幾天，突然離開人世的陰影，除了上學再也不願意離開居住城市的兒童個案，因為了解他無法用語文表達生死別離的痛苦，心裡想念與爺爺互動的點點滴滴，利用課堂和同學一起共同閱讀《獾的禮物》，討論故事角色如何介紹獾的為人，表達充滿美感的離別回憶。個案的主角小文，試著以回憶法分享與爺爺生活時的快樂之後，領悟爺爺死亡真正原因，重新打開自我封閉的心門，願意走向遠方。

捌

導讀由語意提問、感知

一、不同年齡語文力發展

　　繪本的圖畫「好美啊！」故事「好好聽！」這是視覺聽覺最直接的感受。繪本設計不是只在於感官的滿足，它滿足不同年齡層各類需求。如果問：什麼是繪本？其實是很難正確定義的。每一個人都可以從看見的不同角度說「這就是繪本」。這意指著繪本故事內容與性質或功能的多樣性，存在著不同角度的現象，可以給讀者依個人所知詮釋意義。若細分繪本對讀者年齡需求的設計，不難發現眾多同類型的繪本，仍然依讀者發展學習需要做年齡特徵的設計，例如：

(一) 學齡前幼童

　　這一時期的幼童，處在語文發展黃金期，有一定的語言表達能力，可以流暢和別人進行語言對話交流。由於內心世界以自我為中心的心理，逐漸蛻化進入社會世界，正在和生活周邊集體的人群融合，除了自己生活以外需要更多的知識，隨時和「好朋友」分享

的說話題材，需要學習怎麼樣從聽話理解到說話能有技巧地應答。繪本童言童語充滿幻想誇張的語句，給了這時期的幼童說話模仿學習，使說話內容充滿想像的幽默。幼童會將這種能力表現在塗鴉的圖畫內容，有時雖然不合邏輯卻有幼童自我一套說法。所說的話不一定從閱讀繪本的語句學來，但是有可能從圖畫形象，經由聯想加上幻想後自創語詞語句產生的。因為學齡前幼童不僅正在發展語文力，同時也在發展形象思維能力。幼童閱讀圖畫鮮明的形象，情節由簡而繁較具有遊戲性，語句字數不長卻重視聽知覺的促動，「好聽」的故事語言，有韻律語言，有感受性強的情節，都能激發知覺發展。

㈡ 學齡低年級

小學一到三年級，處在幼小銜接的階段，從具體的形象思維認知，逐漸發展抽象的概括性思維，需要想像力得到全面性的潛能開發。因為兒童需要從具體可見物象，透過想像發展時空智能，從童話故事對話，意會、感受、理解、認識人我與物我的關係，發展情意和感性，學習在社會化過程建立較好的人際關係，滿足好奇心、喜歡問題探索、感受想像的樂趣。繪本故事用以物擬人化，寓教於樂增加各類的知識內容，發揮創造性想像力，運用平常的素材創造一個不平凡的聯想，卻又不是完全異想天開無約束的天馬行空，作品內涵有智、情、意，啟迪心智與理性的發展，情感的表達。在閱讀時能發展內省的智能，不喜歡成人教他怎麼讀。繪本的文字應用簡潔，有情緒，有意義，流利動聽，烘托出思想情感的變化，認識自我與他人的心理，閱讀中滿足兒童尋找獨特見解，能有遠超自己能力的故事，讓兒童知道怎麼樣解決問題。所以，這階段兒童像書

蟲，能養成有閱讀習慣，會渴望在童話中獲得自然界的、科學的、環遊世界開拓視野奇觀的內容，浸在故事裡把書啃光了。

㈢兒童少年期

十到十二歲以後的少年，想像力逐漸被理智感取代，充滿想像趣味的繪本，逐漸不被少年所接受；但是，寓言性強的故事，可以滿足對價值追求，對民族或世界性問題、能從抽象問題分析，給予多角度看問題，多元思考的啓蒙。有交錯性內容，能富有正義感、奮鬥成功、關於自傳性的繪本，這類作品則是這時期少年的最愛。因此，繪本題材的選擇，一方面在幫助了解自己以外的世界、人生的經驗、社會現象與家庭生活等等，豐富見聞，激發思考力；一方面從發現自己的愛好，從故事人物的言行與活動，認同自己的想法。不僅有濃厚閱讀興趣，他們有豐富的生活體驗，更喜歡在一起旅行，或戶外活動，相互增長見聞的同時分享個人的見解，同儕之間共同從閱讀所知，應用科技媒體閱讀訊息後一起實踐，喜歡在生活中閱讀，閱讀街道一個公共藝術的故事，閱讀當地民族習俗……。所以，這時期繪本設計如果以世界民族文化爲題材做輔助，延伸閱讀擴充故事訊息量，引領認識世界，拓展全球視野，在概念性了解之後，就可以滿足讀者向外求知的渴望心理。

二、語意推敲樂趣與提問教學

繪本用圖畫和文字爲工具，以藝術性的手法傳遞訊息，寓意式讓語言意義，寄託在物象的特徵，以及角色之間相互對話裡。縱然是口語化語意表達，仍有含蓄、委婉、曲折的美感效果。除此之

外，繪本在閱讀文字的時候，還會讓兒童因為比喻和想像有「生動」的感覺。繪本的生動性創造，由於牽涉作家語文書寫技巧，成人與兒童都能夠在故事的語意推敲感到趣味。不可否認，故事的有趣生動離不開想像的作用，而想像是故事創作不可缺的元素之一，想像的「趣」味需要靠文字書寫技巧。

　　人與人之間的社會生活，通過聲音和文字的外化，呈現個人的意識和思維，各種不同的語文型態，都是用「言」做「意」的理解，言和意結合稱為語意，說話者與聽話者，必須相互了解彼此的語意，才能夠進行溝通對話。繪本藉故事傳遞語意訊息，簡單的語意在語音、語詞、語句的組成，既要符合讀者閱讀年齡語文發展特徵，還要設計角色說話的語意隨著生活情境改變，隨著說話者的性格、年齡、社會經驗有獨特性，還要將說話者思想與情感多元層次複雜心理感受與感知做輸出。

　　由於故事創作總依照人的情性，以及在不同情境當下的心境描摹說話語氣，因此故事的角色對話有人說話幽默，有人沉穩，有人誇大……，但是為了使讀者在口語化的語句，能有生動化情趣性的感受，故事在情節設計有時細膩刻畫人微妙的心理，有時以誇大鮮明圖象搭配對話使感知人物特徵，更多時候用漢語文字的音律性讓語音讀起來具韻律的美，模仿聲音、形狀、顏色用重複語句或疊字詞等修辭，從朗朗上口的語句聲音，感知意象的象徵意義，這些效果都是經過作家對角色說話的語意進行加工，讓讀者從聽進入想像的感受遷移體驗，當讀者在閱讀時能夠發揮想像，或從文本感知產生美感，比較容易感受故事的生動和趣味（魏國良2005）。

　　繪本能讓讀者用想像感受故事的生動性和趣味性，已經可以產生閱讀動機，而要讓學齡後乃至青少年持續熱愛閱讀繪本，必須藉

由導讀從語文獲得訊息滿足知識交流的作用，或者有體驗語文美的感知，感受語文溝通表達意義，因為這是一種高層次的語文思維。基礎的做法只要透過老師提問，學生回答，老師再就回答內容回饋，在師生一來一回的互動引領進入語文審美即可。遺憾的是，過去成人對閱讀提問有一個錯誤的觀念，總是想知道學童從閱讀獲得多少知識，或者所讀的能否記憶應用，忽略繪本故事閱讀從語文感知的美，對人的語文智慧發展影響比智力測驗更有用。提問是一種技術也是一種藝術，更是兒童語文智慧發展認知專業知識的應用。所以，可以試著調整自己的想法，將提問作為理解學童的評量：

(一) 提問態度與目的

1. 提問在於問有意義的問題，引導進入主題，鼓勵學童主動參與談話。

2. 在主題話題激發相關知識的連接，增進廣博閱讀與他人溝通的能力。

3. 以開放性的問題，帶領走出閉鎖性問題的簡單思考，豐富語文表達內容。在沒有對錯的自在溝通，建立表達的自信心。

(二) 提問技巧建構語文智能

1. 繪本為提問的媒介，從簡單的閉鎖性問題，擴展可以在共同話題對話溝通，進入共同經驗分享問題開始，啟發組織性口語說話能力。

2. 繪本知識的訊息，通過先輩知識經驗問題討論，會比用講述的或要求專注聽故事更有效果，提問的內容從生活話題開始。

3. 應用不同情節段落做有變化性的提問，喚起不同面向問題思考，

降低偏執某種文本閱讀的習慣，開拓多元知識的閱讀興趣。

4. 從隱喻性的語意提問，建立因果關係推理思考，擴散性思考、歸納思考，提出解決問題的新想法，做整體概念性描述。

㈢ 提問回饋評量語文素養

1. 閱讀語文能力有其差異性，長期提問二分法的問題，會使思考單一，不愛閱讀思考，降低閱讀思考的速度。面對這樣的兒童需要評估理解與記憶能力，探試語文發展是否遲緩，或無法表達的各種原因。

2. 提問開放性的問題，能積極踴躍表達，在不同深淺度的文本，能用自己的觀念詮釋文章的精髓要義，能超越文字表象有精讀的能力，並且能就閱讀所見現象統整說自己所得的概念，這樣的學童體現較高的閱讀素養。

3. 提問使了解故事情節之後，能否再創造新的情境，或從平凡的情節看出問題的影響，有新概念提出解決問題的方法，合理說明推理的邏輯，或者能換位思考替代角色回答某種情境問題。這種超越知識性認知和體驗，對閱讀會感到有意義產生學習美感而愛上閱讀。

　　要學童閱讀有高層次的思考，對於問題的提問，用在低幼兒可以使用閉鎖性的技巧，例如：封面的首頁你看到什麼？他們彼此之間做了什麼？感動你的是什麼？故事讓你獲得哪些啟發？對於你所愛的人會如何表達？讓你印象最深的是什麼？哪些地方讓你感到美？故事你看到什麼又體會了什麼？但是，隨著年齡增長，以及為提升閱讀興趣，要避免直接從故事找答案不需要太多思考，讓語文智慧停滯在低層次的說話，造成無法對語文產生敏銳的感知覺，不

會從閱讀文本產生感知、識別、鑑賞、評價的能力低落現象。盡可能多用開放性問題，例如：

1. 用描述方式介紹故事關鍵的三個問題，發生過程改變的因果關係？
2. 故事哪一段話和你的經驗相同並分享？
3. 對話的句子，哪一段有美的感覺，為什麼？
4. 故事哪一個情境最能表現角色心理感受、對話寓意有什麼道理或想法？

　　用這種提問方法強化語文的描述，統整故事現象的敘事能力，引領對假設性的問題做分析，學習不同的情境推理，建構合理的問題結構，在自編故事的獨創思考，以角色互換同理他人心理的感受，或者認識自我做移情敘事。提問技巧越能給予有創意思考，越能與同儕進行多元話題的討論。良善的互動增進人際溝通力、閱讀書寫的精進能力，這種能力的養成越早有計畫性教學越好。要做這樣的計畫需要對繪本教材設計與兒童發展有所認知，執行教學導讀時會比較容易。

繪本圖文設計的簡與繁

一、圖畫創作的思維

陳寬佑，在Martin Salisbury所著《彩繪童書──兒童讀物插畫創作》序文說：「兒童以迥異於成人的眼光看世界，他們用大量的圖象和獨特的語彙，來傳達自己的思維；這些表達的方式往往顛覆我們的既定邏輯概念，時常讓大人們驚嘆不已。」兒童塗鴉看圖說話的能力，早於閱讀文字符號的認知。圖畫書的插畫家總是以敏銳的觀察力，用圖畫爲故事說話。兒童讀物的畫家，需要以獨特的方法、廣博的知識，吸引兒童讀者青睞。在國內外學校開設有相關的課程，培養相關的優秀專業人才，這是出版從業者對兒童圖書插畫發展觀察（陳寬佑2005）。

繪本圖畫的美吸引讀者進入符號閱讀，繪本的畫家如何栩栩如生，畫出故事角色特徵呢？我們在山水田園間，或在湖岸柳樹旁，或許常有一個熟悉的畫面映入眼簾，即是大自然的美似乎輕描幾筆就進入畫架上的圖畫；畫家手上素描的人物，沒有顏色卻洋溢著火紅般熱情的笑容；寫生的畫家神情肅穆，專注觀察，理解、想

像，日常生活令他著迷的事，以第一手獲得的素材，完成有獨特風格的畫作。如果駐足於畫作前，能「看見」靜態畫面動態的氣氛，構圖的空間有陰暗或明亮的變化，黑白的線條也能感受有強烈的臨場感，有身歷其境的感覺，這幅畫已經勾起看畫者的美感經驗。看畫者所「看見」的畫已經從靜態景象，與畫家一起參與其中，產生心理的動感，會忍不住讚嘆：「畫得真美！」畫作能激起讀者美感經驗的共鳴，是所有畫家最期待的結果，繪本圖畫的藝術家也不例外。Martin Salisbury，在指導學生創作時，告訴我們幾個要領，筆者為之歸納可以知其梗概：

㈠ 角色設定

　　角色是故事的靈魂，畫作可以如實呈現，但是童書畫裡的角色不可以「太醜」或「不可愛」，否則容易被讀者拒絕。童書故事可以是神話、生活故事、寓言、民間傳說，以動物擬人化為角色設計最為普遍，因為賦予動物有人格性情或情感投射的象徵意義，角色有正義的，有反派的，有迷糊的和傲慢的，畫家或作家創造角色時，必須從對人或動物的習慣、動作、外型、衣物，說話表情、語氣、態度等等做觀察。畫一隻貓，形體要像貓，臉部又要有人類的表情。有時用言語誇張或態度古怪暗示角色的性格或脾氣，如果用無生命的吐司麵包、稻草、火柴盒為素材，也必須為之注入生命和投入情感，畫得有手有腳有表情。於是我們這時可以想像，例如畫在碗中的麥片，當麥片被熱水沖下時，畫出麥片嘴角滋滋滋的痛苦感，從圖象開啟兒童想像，需要融入創作者高度的觀察力與想像力，既要反映外在的特徵，還要有內在心理的各種元素組合，有時在表情與動作上讓兒童理解，有時在誇張或縮小角色的大小，通過

各式各樣想像創作讓兒童感知看不見的情感。

（二）圖畫形式設計

　　故事的形式設計為使發揮圖畫創作傳達訊息的力量，不矯情而有新意是創作的不二法門。新意不是獨立的，有時需要隨著主題或情節發展，順勢應用圖畫帶入另一個世界，換一個時空。以連環圖的設計為例，圖畫需要有順序的架構，有時在跨畫面的構圖要構成圖面的對比，有時還要顧及讓畫面的連接形成戲劇性的節奏感，還有的用簡單線條，陳述一個連續事件發生的歷程，不論任何形式設計，必須層層緊扣情節產生協調性，這是一個重要的技巧。有的圖畫書以圖畫說故事，圖畫敘述具有節奏感，是吸引兒童持續閱讀的關鍵，透過造型大小改變視覺的角度，可以加強閱讀視覺趣味讓劇情發展有高潮性，創作時也需要思考如何吸引閱讀的專注力，畫面形狀太多次重複是會降低閱讀欲望，所以圖畫要求新求變，在真實的空間裡要有立體感，畫面的改變需要顧及整體故事與讀者閱讀節奏的配合。

（三）圖文形式設計

　　圖畫書的圖和文，它們的關係是孟不離焦，焦不離孟，繪本圖畫或文字結合要能有良好效果的發揮，圖畫與文字之間需要力求平衡，形成完整的圖畫或文字故事。因為繪本故事雖然在描述生活眾所皆知的事，但是主要的還是讓讀者閱讀之後，能夠與自己的生活經驗連接想像產生新的意義或新的想法。在此之外，圖畫也有輔助作用，當文字無法同時說明的內容或感覺時，圖畫可以畫出沮喪或嫉妒等難以言表的抽象情感，或一件事情發生的眾生相，讓有

的……有的……還有的……事件發生當下多角色多種想法，無法列舉說明的文字，在圖象裡一一刻畫。

二、繪本圖文畫面簡與繁

繪本是兒童文學，多數人認為它以兒童為讀者對象，除了想像之外並不需要有太深澳的知識，因為兒童無法理解，這是成人對兒童心智發展的無知，西方的兒童文學作品可不這麼想。繪本各類型的故事，因應兒童生活認知學習多樣化需要而創作，滋養不同年齡層讀者心靈、擴充生活所需的知識經驗、表達個人的思想，或情感體驗，以及精神心理種種的狀態。繪本汲取美學、哲學、兒童發展心理學、社會學、文化學、語文學、教育學等養分伴隨兒童成長，為了順應學齡前後學習能力的建構，可以從眾多類型的繪本，略做歸納出以下原則，例如：

(一) 簡單畫面的繪本

為提供幼童閱讀，圖畫型態以圖畫為主，一個畫面一個意象特徵，傳達一個中心思想。圖畫大而且具體形象，簡短兩三句的文字，或每一單幅圖畫，畫面以簡單物象表現人事物的關係，或者不拘具體物象的畫風，類似兒童的隨意畫，充滿想像的趣味性，迎合三至六歲識字不多，喜歡鮮豔色彩，從視覺觀察與理解，認識生活事物的學習；同時提供訓練幼童直觀聯想說話能力，說出各事物的名稱之外，也在於觸發物象性質關係辨別，或相類似性質的邏輯排列，理性發展認知概念能力為基礎的繪本。

簡單畫面的繪本，每一個頁面的圖畫，也有簡單故事的情節，

讓兒童理解一個生活情境的認知，這是最常見的單幅畫面設計。另外一類型的簡單畫面繪本，做了跨頁面的圖畫設計，用圖畫素材聯繫情節發展，雖然簡單畫面簡短語句，在畫面上有以下設計特徵：

1. 虛實相容傳神生動，虛構故事，人物造型求逼真或誇張，使小讀者有親切感趣味性、以物擬人也帶有寫實性事實。
2. 形體和顏色依照角色性格塑造的形象，應用顏色讓兒童感受到情境或角色性質的變化或獨特性，發展兒童視知覺。
3. 安排物象做圖象設計，會依重要主體的或次要客體，做畫面結構的位置安排，協助兒童從圖象觀察發展有意注意的能力。
4. 背景圖畫的設計，能烘托故事主體的時間與空間，會對主要事物或人物做特別強調清晰輪廓，具體形象使清楚知道故事描繪的是什麼。

　　兒童從圖畫認識訊息的能力比文字符號更早，在幼兒時期可以用塗鴉的方式傳達自己感覺得到的、看過的事物、想像看不見的世界，所以圖畫內容除了具體形象直觀可以理解的寫實生活，為建構認知概念，每一個單幅圖畫面之間事物呈現，會有次序姓、空間性的邏輯，造型設計也會借助創意的想像增加閱讀的趣味，在做認知學習同時也發展想像的形象思維能力。

㈡ 多幅畫面的繪本

　　隨兒童年齡增進，圖畫頁面會增加，而且有連續的情節。隨著一段故事的中心思想，以及故事情節重點和高潮，產生圖與圖之間的關聯。文字描寫圖畫的情境誠如兒童文學作家林良所言：「圖畫能增添閱讀的樂趣，有圖畫相伴的文字，或有文字相伴的圖畫，往往能相互激蕩，彰顯出彼此互異的魅力。」圖畫和文字是互相詮釋

的，這就是圖畫故事書特質之一，圖文並茂才稱得上精美的繪本故事書。

　　學齡後兒童閱讀的繪本，幾乎都是多幅畫面繪本，因為兒童的知識經驗必須擴充，故事必須擔負發展兒童生活間接學習作用，故事角色的情感體驗抒情達意，必須協助兒童由圖畫理解抽象的文字情境，對於人物性格、神韻、形象，進行圖文相互的解釋，加深閱讀的印象。所以，這時期的繪本，在文字的訊息傳遞量要擴增，增廣故事篇幅，讓圖畫與故事情節能相得益彰，讓兒童在豐富的內容情節裡，有多元層次的知識或情感滿足。於是多幅畫面的繪本創作，在構思故事創作的時候，必須有以下的考慮：

1. 用什麼方法體現人物和事件，呈現故事的「主旨」？故事結構如何處理，在分段中產生欣賞性閱讀和理解性閱讀作用。
2. 期望讀者從故事中獲得什麼樣的啟發，思考以生活寫實故事，或用虛構幻想的故事，或者虛實間認識生活又能超越生活認知。
3. 為使人物有親切感，角色的造型在不離開本有特質之外，如何將內在的情緒外化，讓讀者理解與感受到。
4. 繪本整體的美，在於畫面與情節的連貫性，精緻細膩但不是繁雜的，而是有畫面次序利於文字鋪陳故事情節發展。
5. 圖畫蘊含神韻含蓄的美，表達某種情意，例如歡喜、憂愁、慈愛、熱情等。對於文字量應用不足，抽象情感理解難以抒情達意的兒童，在理性認知的過程也讓感性得以同步發展，發揮知、情、意的作用。
6. 繪本從圖畫和諧的美，或讓兒童從圖畫風格觀察，跟自我生活聯結，激發模仿創造獨立思考的能力，通過具體圖象激發學童內在的感知覺。

繪本圖畫與文字都存有訊息意義，如果給予一本完全沒有文字的繪本，多數兒童可以看圖說話，但是僅限於看見的內容。其實，繪本圖與文設計是相輔相成的，優質的繪本圖畫與文字設計呈現立體感，給人一種感覺：「圖畫是無聲的故事，故事是有聲的圖畫。」可以試著像為彈奏貝多芬奏鳴曲的兒童，說音樂家的故事一樣，不僅容易走進音樂的世界，感受音樂節奏的美，而且未來或許有可能從欣賞者，變為音樂的創作者，閱讀繪本亦然，圖畫美感經驗的激發，比單純說一個故事給兒童聽更有意義，或許今日的讀者就成為明日新一代兒童文學作家。

　　每位兒童語文發展有個別差異，面對生活產生的情緒無法表達時，美感可以讓人心處在平和的狀態，如果能感性也有理性思考的能力，比較能夠表達抽象的情感降低情緒困擾。為此目的，可以使用繪本圖象的不同設計，產生視覺閱讀的以下功能，給予心裡美的滋養，逐漸發展健康的心理：

1. 繪本用藝術形式傳遞內容涵意，影像和文字必須要聯結，善用圖畫觀察輔助文字理解意義。兒童通過圖象意會理解，觀察人的神韻與心理感受如何表達抽象情感，有助於認識自己內在情緒變化，認識他人的情感。

2. 沒有文字只有圖畫的繪本，它過顏色做時空變化，通過形體傳遞象徵意義，圖畫的簡與繁，都有結構順序邏輯，可以做因果關係的判斷。兒童越能理性觀察與思考，越能夠有條理表達內心的情感知覺，讓語文表達無礙，心理不用輔導，可以自我心療。

由意象聯結感受聲情美

一、兒童對意象的象徵理解

　　生活中處處可以見到圖畫的象徵，人有意識地用圖畫、語言、手勢、書寫做象徵，傳遞訊息溝通交流。象徵的重要在於表達人類內在心理活動、精神世界無法直接用語言說出來的感受，從圖畫到文字，兒童有能力看圖說話理解內容意義，搭配情境故事的文字連接生活與知識經驗，發揮生產性想像的創造力，讓直覺感官的看，詮釋他人的心理，例如：「！」可以說明它用在西洋棋的棋譜表示一步好棋，用在交通上有警訊注意之意，也象徵驚嘆的情感，它不一定是有形地呈現在畫面上或語句上，有時是一段令人感動有意義對話，激起閱讀者特殊美感經驗的共鳴，有時是象徵性在語文意會中感悟的語氣。

　　在兒童語文發展黃金期，積極開發圖象的象徵思維潛能，兒童寫作學習過程不但會用生活經驗情境擴大聯想，並且可以日漸有理性的分析思考，能夠概念統整感性表達。生活在資訊科技的原民兒童，不缺乏圖畫象徵的閱讀，經常接觸象徵性圖畫，有助於大腦

潛能的開發。經常練習看圖說話寫作的兒童，若能得到繪本適當的導讀思維訓練，逐漸可以自由構思做創意聯想推理，更能跳脫圖畫表象，在可觀的視覺以外創造想像新世界，進入抽象思考，有足夠能力做整體總合，將感受情境變化，以自我可創造語詞造語句的能力，用語言描述自心的感覺與想法。

　　繪本導讀訓練圖象思維，最大的收穫是當我告訴兒童：「我想要……有一幅圖，象徵暖洋洋的春天，萬物都很有活力，這張圖的內容要畫什麼好呢？」兒童可以畫出一幅令我意外驚喜的畫。當我問：「圖畫內容好有趣，這是怎麼想到的？」多數兒童的回答：「我曾經看過某一本繪本，繪本的圖就是這樣畫的。」這時我已經迫不及待想知道，兒童如何自我詮釋他的畫作時，聽著兒童說他的心理活動，我好像聽見釋曉雲導師說：「要有美麗的思想，須求美麗的靈魂，要有真實的生活，須求真實的性情。」又說：「世界上最美而且最真的莫若孩子的感情……。」（釋曉雲1993）

　　雖然這種能力對有些兒童是困難的，難以僅從平面圖畫或文字符號閱讀，喚起想像的知覺，但是繪本圖畫會用顏色和形體的美增進聯想，讓兒童觀察圖畫意象變化而審美表達。例如以閱讀「太陽」的圖畫為例，先從單一張只畫有一顆太陽的圖提供閱讀，學童會毫不思索回答：「紅咚咚的太陽。」在缺乏對太陽不同情境變化的觀察，就無法有生產性的想像。如果提供三張同樣都有太陽的圖畫在不同情境的圖片，兒童會應用想像寫語句，對太陽的描述有更多創造性想像。例如有的說：「太陽在天上散發著笑容，它想把微笑帶給大家。」有的說：「太陽在空中灑下無數條紅和黃色的絲帶。」還有的說：「金黃的太陽露著半邊臉，它的光映紅了海面。」由此觀察繪本圖畫太陽的安排，學童可以從時間或空間變化

判別產生直覺的聯想。從太陽升起到落下結合畫面的情意，甚而理解圖象的角色心理是充滿喜悅或孤單落寞。

二、詩歌「樂」讀喚起心聯繫

　　談到藝術的美，離不開審美心理的話題討論，因為美的研究，不是對一件物象、圖畫、音樂……依照個人感官所見所聞當下說它美或是不美。美的研究已經是有一套理論的學問，早期附屬在哲學裡稱為美學，探索什麼是美的本質，人內在心裡對美的物體形象，為什麼會有美感的反應？晚近美學吸收心理學研究，著重人對美感的經驗做心理分析，想讓美學走上系統化能廣泛應用在現實生活，於是審美研究從過去哲學與心理學看似雙軌平行，現代心理學對哲學探索的方法實際上仍不離不棄，時而交錯一體在理論和應用上相互融合，後續還發展出獨立的審美心理學，解釋人的審美經驗是怎麼產生的，想將美學走向實證和應用，所以繪本如何激發兒童審美經驗？又如何應用可以喚起對於美的感受呢？雖然有各種方法，但是最容易讓兒童的心產生意象聯繫而有美感的方法，我用「悅耳悅目直覺領悟法」。以詩歌教學為例：

　　讓兒童觀看圖畫與聆聽〈樹‧四季之歌〉這首詩。兒童先從表象認知層次，獲得真實的知識，認識大自然不同時間與空間樹的變化，意會世界不是靜態的，世界不是冷漠的。進而靜心聆聽老師一次又一次地朗讀，從詩歌節奏的聲音，感受漢語文字和諧的音律。當耳朵知覺連接心靈的感受，能在餘音繞樑的詩句感受語言文字美的快感，漸漸在文字的閱讀思考，由老師提問表達，通過心靈神會理解感受。這是以讀者為本位從觀看美的圖畫（見圖1-3），學

〈樹‧四季之歌〉

歌聲不斷在樹梢間傳唱著

那是春天鳥兒伴著微風

唱著啁啾啁啾的歌

那是夏天熱情太陽擁抱大地

夏蟬鳴唱知了的歌

那是秋天紡織娘螽斯伴著月光

聲聲唱著晚安曲

那是冬天冰雪裡的蟲兒

為光禿的樹枝

齊唱顫抖的歌

圖1-3　悅耳悅目直覺領悟

習聆聽自己的心，在靜態中隨著聲音看見大腦的畫面，自然而然從感官視覺與聽覺感受美，想像表達寒冬「蟲兒為光禿的樹枝齊唱顫抖的歌」最真切的內心感受，或對圖文美感的想法，直覺感悟理解表達己見。這其間一個重要的關鍵是圖畫意象應用文字聲音創造情境韻律，有悅耳詩意的美感，「看」圖畫的形象，再反覆從聆聽刺激貯存在大腦的圖象或語文訊息連接，讓大腦的意象畫面有了意義和結構，這時不用言語多做詩歌講述，讓兒童自然能對蟲兒齊唱的歌，感受光禿禿的樹在寒冬顫抖的感受，自然而不自覺挑起兒童愛與悲憫的心，這就是文學對情性感知覺的啟發。我只為參與課堂學習的學童寫詩，這時如果你問這首詩是怎麼想到或創作的，我會像兒童一樣，回答：「我曾經從某一本繪本看過用聲音寫詩。」教學

經驗告訴我：幼童從小就喜歡聽悅耳的兒歌或童謠，學齡兒童也喜歡有韻律有情有愛的童詩。

兒歌、童謠、童詩，都是短小精煉，以物的特徵觀察想像創作，充滿語言趣味和音律節奏的文學美，它不是有曲調的音樂，繪本的創作卻可以有如朱光潛在《文藝心理學》談聲音的美有類同效果。朱光潛引用英國文藝批評學家丕德（W.Pater）說過：「一切藝術到精微境界都求逼近音樂，因為藝術須泯滅實質與形式的分別，而達到這種天衣無縫的境界的只有音樂，這個道理是一般美學家公認的。」又提出英國劍橋大學教授馬堯司（C.S.Myers），實驗美學研究發現多數人聽音樂，專注音樂美與醜引起的聯想，說：「聯想所生的快感往往不必是美感的。但是聯想有偶然的，有與音樂性質有密切關係。如果聯想起的情境與音樂能化成一氣，欣合無間，它就能增大音樂所引起的美感了。」接著也以法國心理學家芮波（Ribot）認為想像有兩種，一種是「造型的想像」（plastique）以知覺為中心，在圖畫裡產生極明確的意象；另一種是「流散的想像」（Diffluente），以情感為中心，在音樂中有深邃微妙的感覺。並且說沒有音樂修養欣賞力平凡的人，聽音樂時常發生鮮明的視覺意象。除此，聽音樂也還有一種「著色聽覺」（Colour-hearing）現象，由聽覺和視覺產生混合現象，法國象徵派詩人根據這種現象發揮為「通感」說（Correspondance），認為自然界聲色與形相雖似各不相謀，其實是遙相呼應的，往往可以和聽覺得來的印象相互感通的。（朱光潛1997）

詩是可以歌的，中國的詩歌可以配樂吟唱，童詩或兒歌也可以配樂成為童謠，沒有配樂的童詩和兒歌通過朗讀，讓沒有音樂修養欣賞力平凡的人，從文字反覆朗讀讓聽覺與視覺聯繫產生感通。筆

者曾經在「詩樂歌舞」教學活動，讓每個人一次又一次，用自我不同聲調感受詩歌的情意自在解放，用肢體舞動詩歌的情意。當時的景象如《詩‧大序》所言：「詩者，志之所之也，在心為志，發言為詩。情動於中而形於言，言之不足故嗟嘆之，嗟嘆之不足故詠歌之，詠歌之不足，不知手之舞之足之蹈之也。」朗讀要讀出有「通感」效果，可不是讀文字的聲音，而是讀出文字的情意，情意不是在音調的平上去入讀得怪腔怪調，要怎麼讀並沒有規律性，要讓聲音能抒情達意，聲音要有輕重緩急，語氣有強弱，音速快慢、音量大小，都得要依據句子的字詞意義在適當地方停頓，或一氣呵成連讀讀出情境。怎麼讀出真情實感，要能充分了解文意和句型結構。至於要如何能把握音感節奏自然流露詩文的情意？就像有一位畫家請問禪師：「如何能畫出竹子的美？」禪師回答：「到竹林裡，讓自己也成為竹子。」畫家住進竹林裡，記錄日光照射竹林的樣貌，風吹竹林擺動的方向，每一天竹子不同時間的變化，可是畫家仍然畫不出竹子的美，直到有一天，風吹動竹子細長的身軀，畫家的身體不自覺隨著竹林擺動，終於明白禪師的話意即是「融入」（凌越2008）。

　　自古以還中國的藝術即有「詩畫同源說」，詩是無聲的畫，畫是有聲的詩，詩與畫都是表現藝術家心裡的意象，藝術家將現實生活人物、山水、禽獸、社會現實型態……，藉模擬物象徵以比喻方式創作。《易經》說這是「觀物取象」，是中國重要美學原則，適用於音樂、繪畫、舞蹈，在形象上表露某種「意」的訊息，反映客觀物象也把感情和態度一起融入了。繪本藝術創作是理性和感性的統一，藝術家創作通過「樂」讀法，確定由聲音進入大腦，心眼能看見浮現的意象，作家知道作品的聲情如果能感動自己就能感動讀

者，導讀教學者不妨試試藝術家的「樂」讀，體驗找到讀文本的要領，用自己最自然的聲音朗讀，感受作家樸實語言文字聲情變化的美，由聲情想像聯繫轉化理解，用肢體語言、生活體驗、文化知識交流……發展情意美感，可以為封閉心靈打開一扇透光的窗。

　　兒童語文發展良莠不齊，筆者長期指導寫作的觀察，發現寫作語句簡短不會想像、語彙簡單不會聯想，寫作組織語法無邏輯，而且思考問題面向單一的兒童，容易陷入興趣窄化的困境，面對問題的挫折，難以超越感官可見的現象，預想解決問題的可能和結果，心裡容易煩躁不安。對於這類的兒童，有的會像小俊，喜歡在畫畫裡讓浮動的心靜下來。他們畫作的內容，簡單幾筆象徵心裡的意象，用鮮豔火紅的顏色代表憤怒或熱情，用黑色昏暗的光，表達心裡失望無助。畫的形體雖然不美，卻是內心最真的感受。所以心理學界，會用兒童自己所畫的內容，看圖畫說話表達，走進兒童心裡做對話溝通，這也是協助語文發展或情緒輔導最常使用的方法。

　　解決類似小俊的問題有很多策略，繪本是兒童文學的範疇，不論寫實或虛構的創作，都在文學藝術中注入認知心理、人格心理、情意發展心理、社會心理。繪本以對比寫作的故事不勝枚舉，兒童容易在感官直覺的審美下，認識勇敢與膽小、快樂或悲傷、成功與失敗。繪本故事的情節語境訊息，用為指導兒童聆聽文學語言的聲情，感受故事中人心真誠的美，情意流露和善的美，人與世界融合的想像美，情節推理思考引發領悟感的美。將會發現兒童在閱讀中發現美，在富啟發性、想像力的繪本感受美，美可以陶冶心性，美是最佳情緒輔導的良方。

繪本藝術美的教與學

走進作家創作的心理世界
看見文本多層結構的訊息
看懂故事　認識自我
　　　　驚嘆
　　　繪本的訊息這麼豐富

繪本藝術美創作分析

一、故事創作美感的原理

　　繪本以繪畫、文學、心理學、美學、科學、哲學，做複合式組合創作，生活化和口語化體現多元層次寓意哲思的美。閱讀繪本感覺美的同時總是需要推理，多次重複閱讀才能清晰看見故事的脈絡線索。因為繪本故事有一種隱性看不見的美，美在需要從哲學觀點來看故事，就像《驢小弟變石頭》，驢小弟擁有神奇的紅石子，想要變出爸爸媽媽想要的每一件東西，想要因此得到父母的肯定。但當驢小弟變成石頭，孩子不見了，父母心焦急發現最愛的是自己的孩子。當孩子回到父母身邊，這時原本很多慾望的父母，自覺一家人在一起就很滿足了。故事以一種「變法」將追求擁有與消失擁有的心理，在變！變！變！描寫人覺醒而覺悟回到人的初心歷程，發現簡單無所求的美。繪本創作有各種形式作品，心裡的讀者或許是兒童，更多是以普遍性多數人生活，曾有的經驗和體驗為讀者對象，作家以敏銳的觀察，將平凡的事件意義化，符合文學創作以下基本原理而完成的。

（一）主題構思取材

　　生活即文章，生活處處都有寫作的主題，家庭生活、學習經驗、成長環境、人際關係、心理感受、價值觀與世界觀……琳瑯滿目，取之不竭，用之不盡。繪本故事的主題可以有一個中心思想，例如毅力、勇敢、合作……從生活萬象選取題材之後，至於主題如何將所取得的素材組織成爲故事結構，則視作家創作文本的技巧與思維脈絡邏輯或理念思想而定。有的作家爲吸引閱讀，組織結構單一或複雜依閱讀年齡需求，依閱讀目標而定，如知識性、情意性、道德性、語文性、教育性、心理性……。有普遍大眾化的素材，有個別化心理故事，並且思考如何呈現個人的語文風格、個人性格特色、審美視角……。由於作家的獨特性，作品主題設計多樣性，不論如何構思取材，都需要爲心中的讀者，滿足需求而服務，這是創作永遠不變的原理。

（二）背景時空融合

　　文學創作離不開人、事、地、物，這是故事寫作最基本的背景概念，在這個基礎上創作故事背景有廣泛的內涵，時代文化，人生活的方式、地理因素環境與萬物生存的關係、社會風俗與人性思想、言語、行爲素養體現……。背景可以是具體的場所，家庭、學校、遊戲場、森林、海洋……，無所不在，背景也可以是藏在圖畫不用文字言說可以推理判斷的時間與空間，或是藏在心裡空間想像不實虛擬的背景，不存在現實生活一個古老……古老……，不知何年何月杜撰的時間。寫實的生活空間可以從感官直覺看見時空的變化，在虛擬不實的背景，固然可以意會理解，而對於心裡想像創作出來的空間，讀者要能夠進入作者所設的時空背景做融合，需要有

相通的想像渠道，連接故事的情感與景象。所以，故事想像雖然可以天馬行空，但是仍然需要符合所設計的背景生態，高山湖泊都有必然性季節的變化，家庭學校也總有生活倫理，無中生有卻不可以違背人性或萬物自然性。繪本故事假與真要兼顧理性趣味，即是想像的趣味也要不失於常理和文學創作的法度。

㈢ 角色形象塑造

　　繪本故事舉凡物者皆可為角色，人物、動物、植物、無生物……，通過作家精確地觀察描摹聲音，言談、舉止、表情、神韻、性格，以物擬人化，以人擬物化，都能有虛幻中的真實感。故事角色的思想、情緒、感受，經由角色與角色之間的對話流露，讓讀者經由話語理解。言為心聲，語言的描述要傳神，傳神是藝術評價作品的最高標準，繪本故事通過圖畫的形象塑造，言說傳遞角色由內而外發的精神、內在心理活動、內在性格表露於外的特質。一個鮮活角色特質，形體要與生活事實相似之外，亦可誇張或縮小角色特徵，創造人物趣味、幽默、沉穩、慈愛……個性的語言風格。作為超越時空想像變體的任何角色形象塑造，都由真實的人性構成，有愛的需求，人心的善良，可能面對的心理衝突、生活問題要解決困境的智慧……，在眾多栩栩如生故事角色裡，留給讀者有似曾相似的感覺，好像生活周遭一個典型人物，那般熟悉有親切感的角色，是人物創作必備的技能。

㈣ 情節高潮起伏

　　情節是故事帶領讀者領受主題所要表達的意義，繪本故事不是歷史故事，經常不依時間順序發展，情節是一件事又一件事的組

合，情節事件組合的變化不是直線式，隨著角色人物在某一種情境創造事件，在時空轉化帶出事件的高潮，故事要吸引讀者的專注力與繼續閱讀興趣，要有鳳頭、豬肚、豹尾，這一般高超的寫作力。開頭要像鳳頭小而耀眼，一眼抓住全文要義：故事主體內容要豐富飽滿充實，多種表現方法言之有物，生動具體不空說。故事結尾如豹，短小精煉有力，結束情節充滿創造性，不做二分法概念式產生非此即彼的刻板印象。為吸引讀者情感的投入，經常應用伏筆、矛盾、衝突情緒，安插新的問題讓故事更為曲折。材料如何佈局有嚴謹的結構與緊湊性銜接，決定了故事可否具文學藝術美的質感作品，這是每一位作家創作所追求最高指標。

　　了解繪本故事創作美感原理，繪本美感教學由此踏出第一步，就容易選擇作為繪本美感教學的文本，在此同時還需要知道故事的美感，藏在角色動人的情感表現、動人的語言對話、動人曲折的情節裡，而這些動人的內容，雖然會給讀者的心理產生美感，但是對於缺乏從閱讀學習有審美經驗的讀者，通過教育的手段介入是必要的。所以，繪本美感教學的老師，需要在教學前做教案設計準備，展現繪本教材美感分析的能力，了解不同的文本如何創作美，如何應用美的教材，引發讀者閱讀的美感經驗。以下說明繪本美感心理分析的實例。

二、提問解構教材分析

　　繪本導讀師要意識到「教人」比「教書」重要，導讀故事在協助兒童，有合乎邏輯的思考、條理清晰表達、是非善惡、判斷價值。記得人文主義心理學，強調價值及情意的教育，重視所謂的

「感性訓練」（sensitive training），教學中對一些道德上的兩難問題，常採用「價值澄清法」（value-clarification)，從不同角度討論問題，訓練學生有判斷和行為抉擇的能力。（歐用生1994）

　　繪本以人為本，重視情意、態度、價值觀、解決問題的能力、發展正向概念、人際關係的技能，追求自我實現為美。一位故事導讀師，如何發現繪本的美？並向讀者傳遞故事美的訊息呢？

㈠ 解構文本重點歸納

　　在親子教育或想成為專業故事導讀的成人，最常關注的問題是：「如何講故事，能不逐段讀句唸故事給兒童聽。有什麼方法吸引兒童的注意力，或激發對故事的想像力。什麼活動可以教得更精采？」這些問題的思考已經從認為「說」故事是簡單的概念進化到想使用「方法」解決問題。但是如果講故事的每一個人，都希望說得生動吸引閱讀，自備有十八般武藝，恐怕也難以應付不同讀者閱讀的需要。較為實際的方法是了解故事創作的要素，學會分析故事的脈絡，試圖找到故事情節與讀者經驗或體驗相互的作用，讓讀者覺得故事是有意義的，可以產生閱讀動機並且從模仿老師思考故事的脈絡，學會如何思考的方法。

　　對於初學繪本導讀者而言，可以不斷向自己提問：這本書體現哪些美感訊息？美的感受來源於感動，感動是抽象的，故事如何將心裡的情感轉化為具體行為，讓兒童領略繪本令人感動的情節？由此可謂進入繪本美感教學的第一步。以閱讀繪本《大腳丫跳芭蕾》為例，這個故事在說什麼是美：

1.學會用不同的角度欣賞別人，這也是一種美。
2.學習以美的態度對待權威、專家對他不客觀的評價時學會轉念，

人的缺點能為他人所接受也就不是缺點了。

3.學會不同的角度欣賞別人，看到欣賞他人與被他人欣賞的美好，這都是一種美。

4.有自信的人，可以為自己創作機會與生機，即使在餐廳，也可以是貝琳達的舞臺，自在地舞動，將缺點轉化為優點，自在地展現自己，成為眾所周知的舞者，並受到邀請到大都會劇院表演，這也是美的展現。

　　每一篇故事的寫作，都有作家情節發展設想的結構，文本如何層層分析，教讀者找到故事的訊息線索？或許你需要用以上重點法，找出故事情解的幾個重點，自我解讀它為什麼是重點；其次可以從冗長的內容，簡短情節段落找到關鍵句子，點出故事的中心思想，自我詮釋說明故事如何圍繞一個思想延伸，找出故事的美感層次。或者以簡略法，在故事全文找到一句創新的話語，連接新舊經驗組織，簡略表達被故事感動的想法。這些步驟用在跟讀者對話，讀出想法的同時也許你已經被故事感動了，這種方法可以找到故事的精華，省去故事全篇導讀又能帶領學童找到故事重點，針對問題理性思考學習。

㈡ 分析人物的心理

　　二十世紀，八、九十年代，「講故事」的研究，進入文本結構的分析，從故事情節語境，解構故事敘事的技巧或心理，無非想知道故事究竟在「說什麼」或「怎麼說」故事。這也是繪本導讀師渴望知道，卻又不知道怎麼說故事的困境。這困境存在的主要原因，是會看故事的讀者，要作為故事導讀師，未曾學習「文學創作心理學」。這一門學問在於認識作家從構思到作品完成，普遍體現的

規律，闡述作家的個性心理，或所要傳達的社會現象，而繪本故事如何分析，在於你所思考的問題面向是什麼？例如對《大腳丫跳芭蕾》的問題，可以從故事角色心理做思考：

1. 從專業評審們的態度，會給被批評的貝琳達留下什麼後遺症？
2. 引導學童封面觀察，一個自信的女孩在跳舞，她的自信是怎麼來的？
3. 貝琳達的成長，經歷了被拒絕到自我探尋，到最後的自我肯定。課堂如何與孩子一起探討貝琳達的心路成長歷程。
4. 面對一開始評審委員不接受到最後評審委員們的接受，貝琳達是怎麼做的？評委們為什麼會發生這樣的變化？
5. 當別人拒絕、批評你時，你如何能像貝琳達一樣，學會禮貌地應對。

(三) 故事脈絡的教學目標實踐

　　文本情節如何分析，可以發展繪本美感為教學目標，這是繪本美感教學導讀師，必須面對的問題。由於每本繪本故事都有情節發展的脈絡，作者、畫家、讀者也都各有自己思維的脈絡。繪本故事的導讀師，不僅要分析解構繪本訊息，如何提問，調動參與學習的動力。其實如果能分析出繪本故事情節發展的脈絡，其實《大腳丫跳芭蕾》這本故事的線索已經有教學目標。它在告訴讀者學習接納自己的不足。了解面對權威、專家，老師時，應該有的正確態度。同時以評審的態度，指導學會不同角度欣賞他人，讚賞他人，感受傳達情意的美感。指導學習不同場合應對禮儀，面對新挑戰如何有自信應對。

　　如果繪本故事導讀者，也是心理學工作者，其實很容易看見

《大腳丫跳芭蕾》，它探討「不懂欣賞他人，隨意的批評，很容易讓人受挫折而自卑。孩子對於被肯定是如此的渴望，隨意的批評卻是一種沉重的打擊，讓孩子很容易失去了自我。」這是心理學教育工作者可以想像故事情節所做的描述，出現在真實生活個案可能的後遺症。如果這個故事要用於解決問題，最常使用的繪本改編故事劇，角色扮演換位思考的方法，這是從故事分析延伸的藝術表達活動。繪本平面文字的故事立體化，感受故事角色心理的做法，可以發展同理心，自我表達的自信，表演過程可以將以上的教學目標，在情節演示裡真實的實踐，在體驗活動感受與感知他人的情緒。

故事創作的語言，不僅在於知識的認知而建立概念，從故事對話溝通表達學習語文應用，角色語言在某種情境下的口語表達，象徵每個人性格的獨特性，情感融合生活的物象，形塑一個文化生活的樣貌。因此如果導讀者只將作品當爲一個故事閱讀，不能從故事描述的語言，作人物形象造型的藝術思維和分析，將不能走進角色的心靈世界，亦無法通過故事圖畫形體對人的神韻作觀察，這將失去繪本故事創造內在美感所帶來閱讀的價值。

貳

讀出文本的深層意義

一、認識藝術家創作思維

　　生活能在微細處發現美，有敏銳的洞察力，能觀察到物象特徵相互聯想，建立起兩者關係的判別推理思考，有層次性的邏輯力；從感官促動知覺經由想像聯結經驗，將浮現大腦的意象做象徵表達，讓內在的體驗有了意象性和超越性，可以預見不同時空的世界，有創造思考能力；語文和圖畫的符號，經由形象設計使之理解，體現內在情感、思想、傳遞知識，為使作者、作品、讀者，三者之間的關係能聯繫並產生感通力，必須憑藉各種美的塑造喚起讀者知覺，這便是藝術家從觸動靈感、觀察發現並取材到作品誕生的心路歷程。

　　一個讀者或許不需要知道，作家創作繪本故事的點點滴滴，只需要知道故事內容說什麼，只要認為故事能感動人心，圖畫賞心悅目，多閱讀有益知識與想像力的增長，也不需要知道作家的情感與思想，怎麼樣通過符號傳遞訊息，從故事情節語境，揭示存在社會有形或無形的現象，從我的角度思考我與他人和世界的關係；當自

己迷惑的時候，也不知道繪本已經用「美」，包裝描述了人生存、生活、生命的困境、順境、逆境、心境。繪本像讀者的良師益友，能夠揭開繪本美的面紗，再經由藝術形象看見新意義而感悟，在生活中轉化應用當下，在舊思維產生新創意、新知識、新感受，心裡會緊緊被新的美好包裹著。這種美好恰似和藝術家邀請來的許多哲學家、美學家、心理學家一起對談，那般受用無窮而興奮。

要從閱讀有美的感受，並不純然由欣賞的感性，或知識的理解獲得，積累閱讀美感經驗需要學習，學習理性、審視、判斷、分析藝術家創作思維的模式，這種學習是經由文本對寫作主體表達的心理形式，以及從文本語言符號的美感情緒做分析。即是走進作家的寫作美學，認識繪本美感形式，如何將真、善、美融入形象，情緒語言靜態與動態的模擬，反映主人公個性和精神世界。對於作家寫作美的探索，目的在於讓作品的美感能發揮感染能量，讀者審美有更高的深度。雖然有此冀望，但是人的年齡是連續性成長，閱讀心智年齡卻不見得與年齡正比例上升，美感教學也需要掌握讀者對美感接受能力的差異。

當學齡兒童能由漸層階段學習建立閱讀能力，發展至少年階段，他們因為生活關心的事務比童年更複雜，精神心理需要得到的滿足，除了各領域有飽滿的知識，對民族文化特色的興趣，更想有被理解、能理解他人心理、溝通表達情意的技巧，建立良好的人際關係，實踐生涯規劃的夢想。因此，繪本內容的選擇以長篇為宜，在閱讀時能激起美感情緒的波動，能確立價值觀，有積極的人生態度。少年時期仍是抒情的階段，繪本的美需要有如戲劇立體化，跌宕情感在交錯中層層美感滿足情意的享受。

繪本的美可以讓心靈淨化、經驗轉化、精神世界昇華、情緒多

變化的體驗，這些美的作用經由藝術家以理想的形象塑造，在語言符號或圖象符號呈現對「人」的關懷，文化與生活的理解、人成長的社會性、個人內在心理需求。以人為本的繪本之所以美，美在人的獨特性創造，角色獨特的自我，存在個人的意識，自我協調內在與外在的需求，保持人格的統整而能適應社會，發現自身的價值和意義。因為人的獨特性刻畫，讀者經由閱讀思考、感受、體驗，建立屬於自己追求價值的理想。繪本作為陪伴少年成長的教材，應該重視情境意義美的感受，以及形成美的意義解釋，能由繪本接觸學習審美，有更高層次的思維。所以，閱讀繪本不在結果知道故事很美，而在於知道故事創作為什麼美，美的作用機轉如何形成。

二、讀出文藝符號的意義訊息

　　1960年代，西方文藝理論界有一位頗有影響力，研究文藝符號學也是結構主義者的洛特曼（Juri M. Lotman），在他的學說理論有兩個重要概念：一個是符號的結構，在文學詩歌藝術的語言符號，各個層次上的結構如何分析？例如音節、語法、韻律、情節，作品的整體架構、藝術空間和視角。他把藝術文本當成有生命的物體，而且具獨特性，認為文本的語言能夠以極小的篇幅，集中驚人的訊息量，這就是文本的生命和魅力。另一個是符號訊息的意義，他說讀者有時難以傳達閱讀文本裡「超訊息」或「特殊訊息」，但是一個平凡的聲音，如果能將文本結構組織起來，會發現文本結構本身有潛在的信息（胡經之2003）。

　　繪本課堂有一次分組聽讀《巨人和春天》的故事，第一組輪流朗讀文本內容之後，自我覺察表達朗讀中對文本訊息的感受，這

一組朗讀的虹說：「我用自己的聲音讀巨人內心的讀白，我聽不見自己內心的聲音，它的句子好像在跟我自己對話。」霞說：「畫面冰天雪地，卻似乎有希望和溫暖，巨人帶小孩回家覺得很溫馨和愛。」君說：「讀起來有幸福的感覺，表現巨人心裡的害怕，還有春天內心的糾結。文本的各種心理，我也都曾經有過，雖然我和故事的主角不是同一個人，一面朗讀就好像在跟自心對話。」

當這一組學生，聆聽另一組同學的朗讀，他們又聽出不一樣的信息。有的說：「我聽故事的時候，感受巨人要學會去愛別人，才會感到幸福。小小的舉動有愛的感覺，小小的愛不能分享、不懂得愛人就得不到幸福。」有的說：「我覺得奇怪和疑惑的是巨人對春天是呵護的，一樣是兒童，為什麼對窗外四個好奇的兒童卻不能呵護，而是大聲地怒吼，感覺心裡有些不舒服。」還有的說：「聽第二次朗讀故事的時候，我是閉上眼睛聆聽的，感覺原本局限的空間能放開心胸，心裡的空間反而更大。」

這個教學用正常聲音朗讀，發現故事結構的部分訊息，之所以是「部分」因為還有一組學生同樣經由自我聆聽與朗讀。換成自我朗讀與聆聽，每個人都從文本兩次聽讀活動，找到特殊的訊息。在整合閱讀討論《巨人和春天》的故事訊息之後，總結與回饋學生的反應，這本故事給讀者共有的感覺是：

1. 故事內容對每一個人而言，都似曾相似，能感同身受，彷彿在與自心對話。
2. 因為有愛才能幸福，愛得越深，越捨不得割捨，更顯露巨人的孤獨和寂寞。
3. 從巨人的「怒吼」分析，得出巨人本性不壞，是因為內在害怕失去之外，怒吼也是為了讓故事有高潮，體現人心另外的黑暗面、

內心的衝突，害怕所愛的被奪走，越是害怕恐懼越會大聲怒吼。

洛特曼（Juri M. Lotman）研究文學藝術美學，認爲文本的美在於有可容納無窮訊息的機制，文本的「美」就是「訊息」，只有優秀作品才會有無窮的訊息量，並非所有作品都是美的。語言作爲文本訊息的載體，藝術語言有極複雜的結構，而且結構也有複雜的意義系統。藝術文本的符號意義是很難分析的，必須讀者與作者在文本交流的過程，讀者要能掌握語言符號詮釋訊息，對於符號的訊息能與其他關係的聯結，這樣才能顯現文本的意義。

有一天，我對少年讀一個故事：《打開心中那扇窗》，安妮—蓋莉・非舒茲，以自閉症患者「我」敘事心理的特徵，「害怕」太多聲響，卻不知道那是什麼事；心中築起高牆想保護自己，卻又傷心看不到喜歡的事物；留一扇窗想看戶外的世界，又怕又愛，戶外的世界多變化，只好躲回小屋深處緊緊關在裡面，望著白牆幻想愛斯基摩人的國度；喜歡超級英雄，只能寄情於喜歡的玩具，整齊排列又怕失去，整天惶惶不安，數了又數，重複地數著玩具，一旦玩具被破壞移動，無法自我管理的情緒，撞牆也不在乎。直到窗外來了一個玩影子的人，彼此沒有語言對話，兩個人的手能夠一起在玻璃上跳著舞做同一個動作，發現光和手一起跳舞的美，感覺找到心中的英雄，有了與人互動的開始，看在父母的眼裡淚兒汪汪，自閉的男孩終於願意讓窗戶開著。

我說明這個故事的圖畫，丹尼・托宏，畫出顏色鮮豔的心理叢林，圖畫符號意象有著探索外在繽紛世界的暗示，圖畫的語言是不合邏輯的結構，充滿寫實生活的想像，爬樹的猴子、池塘荷花與青蛙、冰雪的企鵝……故事的意義除了在於了解自閉症者，經常出現的心理與行爲和情緒，有一個意義是自閉症者的心，常在幻想中感

到恐懼，有時也因為幻想讓心理世界多采多姿。或許我們不知道只要用很簡單的方法與之溝通對話，就能打開他心中的那扇窗。由這個故事連接生活的觀察，故事的意義擴大了。

萱，分享一則觀察生活的故事，說她班上一位資優生名彥，樣樣都名列前茅，不愛說話也很少有人與他說話，心裡渴望有好朋友，卻不曾主動與人交流。另一位開朗又熱情的君如，學業中等卻有其他的長才，平時對名彥有崇拜的心理。有一次下雨天，兩個人都沒有帶傘，君如借到一把雨傘，名彥很羨慕卻又不敢開口，君如主動說：「我們住同一條路，不如一起撐著傘回家。」兩人走在教室的長廊，名彥幾乎不說話。君如在走出校門之前，已經能營造融洽的氣氛，從此建立彼此良好的友誼。君如發現名彥不說話愛思考，冷靜處理事情讓他佩服不已，在相處更「認識」名彥之後，發現名彥其實是很熱情的。

班級中的資優內向的學生，除了把書讀好，人際關係交流也需要學習，生活需要有一股熱情的火焰燃燒作為助力，有懂得欣賞他的朋友一起互動，內在不為人知的一面可以被發現進而建立友誼。萱，不是用藝術文本的語言敘事，沒有複雜情節的結構，只因為文本產生與生活關係聯結，讓大家可以再次延伸話題進入繪本故事角色，反思現實生活中有很多自我封閉心靈的人，在內心的幻想中恐懼、焦慮、害怕、孤獨，發表個人的經驗和想法，讓故事的意義由文本到現實生活，有了更深層結構的探討，從故事感受他人心裡的感受，同時感受故事美的創作意義。這種現象應該是洛特曼（Juri M. Lotman）研究文本藝術符號語言結構，談及內在「信息飽和」吧！在學齡前或學齡低年級學童閱讀的繪本，故事的符號偏向於簡單，有的「語句雖短，句意綿延」，同樣可以發揮文本的意義。面

對學齡以後的少年，繪本美感教學，文本選擇需要有豐滿的訊息，語言符號需要能擴展故事意義進行討論而開拓視野，滿足超越自己所知的知識追求慾望，故事內容必然需要有情有義的情意繪本，從聽讀故事就能喚起心裡的知覺，這是少年乃至成人閱讀繪本與低年級學童最大的差異。

故事意境美轉化技巧

一、兒童畫的意境設計

　　繪本的推廣我們起步比西方國家晚，在培養人才方面無論有興趣從事創作或導讀童詩童話的成人，多數存於自我摸索，以個人經驗或從他人教學案例模仿，進行故事講述、提問、討論、演示、改編重說故事、演兒童劇……。這些目的在於改變「說」與「聽」單一接觸故事的模式，讓學習更為多元活潑。對此，教學有更多反思的老師，曾提出課程設計，兒童在閱讀也遊戲的體驗，做故事劇本演出覺得「好玩」。實質上想要評估兒童是不是有審美素養卻很難看見效果，如何從眼睛可以一目了然知道畫了什麼的圖象說明，帶領兒童進入繪本的美？繪本的美有千萬種一言難盡，意境是藝術創作的理論，似乎非從事藝術研究的學者很難理解。如果將原本可以導讀的繪本，以藝術理論來教學，似乎又過於專業，非一般人可以應用。其實不然，我們試想繪本以兒童為讀者，繪本創作兒童畫，解除疑惑從認識兒童畫開始，問題就容易迎刃而解。

㈠ 兒童畫創作視角談意境美

　　兒童畫怎麼理解？整理鄭明進老師，在他所撰著《兒童畫的力量》解讀學童創作圖畫的說明，理解兒童畫的心理特徵，他說：

1. 一幅幼兒去花園玩以後，依據腦海中的影像，畫出花園裡五顏六色美麗的花兒，這時期的幼兒往往在空間的表現上，還不會出現遠近的空間關係，以基底線當花園，以三條基底線畫出好多隻七彩的魚兒，排列的方式是直覺和單純的。畫人物也是從簡單的線條，畫觀察的對象，並且以一種誇張的表現把臉或嘴巴畫得大大的，身體各部位的比例是不合理的，生活日常用品卻畫得很具體很仔細。

2. 較大的兒童畫自己的生活會有層次感，畫大海可以用深藍色畫得非常寬廣，一層一層白色和越來越淺的藍色，營造出一波波的海浪，表現出大海的氣勢，遠景還畫一條大船緩緩駛進，更增添了海洋的美景。夏季學游泳的圖畫，各種姿態畫得活潑，俏皮的模樣讓人彷彿感受到小朋友玩水的愉快心情。畫母鴨和小鴨，畫一隻大大的，有著亮麗黃色的母鴨，正在照顧九隻可愛的小鴨子，充滿慈愛的感覺。再仔細看看，每隻小鴨長得各有不同，牠們依偎著母鴨，躲在溫暖的窩巢裡。整幅畫的色彩明亮，帶給人溫馨的美感（鄭明進2012）。

　　兒童畫風格各有獨創性：幼童與低年級的畫作特徵較多線條、直觀、不合邏輯結構的想像；越是高年級的作品，觀察變化畫出層次感，重視內在情感轉化成視覺美感。由此可知，兒童的美感經驗由簡單到複雜，從視覺感官直覺到內在心理的覺察，再綜合生活的觀察，將情感與思想，融入畫作，體現內心意象的象徵，畫出藝術形象的思維。兒童對生活的審美，隨年齡增長，生活經驗積累，

平日沒有機會被感受或理解，在美術老師適切引導下，可以自然輸出生活的審美，應用在繪畫的創作，畫出心中的意境而被看見。繪本圖畫在兒童的畫作心理基礎上，更高一籌處理視覺藝術的美感，意境表達比兒童有交錯性的複雜手法，文字符號傳達心理意念訊息比兒童的敘事更為豐富。因此，繪本是圖畫與文字一起做了形象美的創造性設計。意境不是只有作者的心意創造情境，也需要能引起讀者心意的交集，才能產生共鳴。所以，繪本的意境如何設計構思呢？

(二) **繪本實虛創造意境美**

繪本畫作多為專業畫家的創作，既符合兒童閱讀生活觀察、理解、想像、內心情感的發展，兼顧直覺感官可以認知學習的知識，還要符合意境在文學創作理論，以感官可見的形象，以藝術的想像手法，勾動讀者的聯想，進而與自己的經驗連接，心理產生各種不同的情趣。繪本意境多數實境與虛境混合使用，虛中有實，實中有虛，心境、情境、意境，相互交融。以《艾蓮娜的小夜曲》為例。

「在墨西哥，太陽叫艾梭（el luna），月亮叫拉魯納（la luns），我的名字叫艾蓮娜（Elena）。」這是一個很有趣的自我介紹。故事就從「我」展開敘事，說：「我爸爸是個吹玻璃師傅，他的工作就是鼓起臉頰，對著一根長管子吹氣，然後長管子另一端就會出現一個瓶子，就像變魔術一樣。有一天下午，我找到爸爸的一根舊管子，我問他可不可以教我吹玻璃，但是爸爸搖搖頭說：『艾蓮娜，你還太小，熱玻璃會燙傷你。而且有誰聽過女的吹玻璃師傅呢？』」這是一段寫實生活中玻璃工藝創作的事實，一個想成為吹玻璃師傅的女孩，被父親拒絕之後生氣了。「雖然我很生氣，哭得像一隻淋

濕的母雞，但我沒有讓爸爸看見我掉眼淚。」一句話顯露女孩堅毅的性格。在哥哥的建議下，女扮男裝到蒙特里找機會當吹玻璃師傅。她雖然有堅定意志，但是心裡仍有矛盾與掙扎，在出發前很猶豫：「我應該去嗎？我怕離開爸爸，但我或許應該去。」最後還是出發去實踐夢想。故事在此由實轉虛，描寫路途的情境，揭開她的另一個不同面向的生活。

　　長途獨行的無聊，她拿起隨身攜帶的管子吹氣，吹出有高低音的音律，一首〈驢子小夜曲〉吹出驢子走路的聲音，引出第一位配角驢子，吹〈墨西哥進行曲〉穩定的節奏，讓跛腳的走鵑，走出整齊的步伐。幫助被石頭攻擊，一聲聲「啊……嗚～！」的土狼學習唱〈漂亮的小可愛〉，原本難聽的歌聲不見了，讓大家齊聲叫：「好棒！」這一段虛構以物擬人的角色，充滿幽默對話的趣味。驢子說：「喔！先生我迷路了，好孤單，後來我聽見我的歌，你看到沒？我現在正在笑呢！我可以載你到哪兒去嗎？」迷路孤單不需要沮喪，歌聲可以讓人歡笑。看見跛腳走鵑：「喔！走鵑先生，你是不是應該像風一樣在空中飛呢？」走鵑嘆了一口氣說：「我好像是一隻鳥龜，每次我想往前跑，一條腿老是忘了怎麼做，連石頭都滾得比我快。」跛腳不需要自卑，也只是忘了怎麼做，幽默風趣的對話襯托出主角與配角開朗性格面對自己的缺點與不足。故事由此再度轉入實境，她如願以償當了女吹玻璃師傅，靠著音樂的節奏吹出《小星星》和《蝴蝶》的玻璃，吸引小朋友搶購。「賣掉的比我吹的還快。」這是誇張也是事實。接著又以虛境，吹出玻璃鳥在無線延伸擴大下送她回到自己的小床（坎貝爾・吉斯林2008）。

　　作家以艾蓮娜為核心，為整個故事形塑樂觀輕鬆愉快氛圍，感受她歡快不沉悶的內心世界，在故事情境發展看見主角的鬼靈精

怪，寫實部分傳達樂觀積極進取概念，虛擬角色的情節暗示著音樂對心理的療癒，整體形象設計創造愉悅的感受，這種語言氛圍會感染給讀者。不僅從圖象愛上畫者安娜‧瓊安，畫面設計角色形象設計鮮活的立體感，而且也會喜歡作者坎貝爾‧吉斯林，故事的語言既有激勵性又有溫馨的美，語言傳遞正向力量的感覺。驢子說：「你都可以吹出音樂了，相信你一定可以吹玻璃。」走鵑說：「哇！這音樂讓我以身為墨西哥人為榮。」

所以，對文學意境美的欣賞，讀者首先對文學所呈現的境界要有感知覺，問問自己身為讀者，能不能被作者所表現的思想與情感，融合成為藝術「境」界所感動。其次是作品閱讀時能不能發現自己可以在審美空間產生想像，跟著艾蓮娜的性格形象和語言風格開拓自己的想像空間，像作者所說的：「如果你閉上眼睛，乖乖坐好，你會聽到蝴蝶翅膀鼓動的聲音，就像玻璃風鈴一樣，你聽……」閱讀時能靜心進入故事的情境，這時才能和艾蓮娜一起感受吹玻璃女師傅夢想實踐的美感。

審美的基本功要靜心才能聽見心在說話，聆聽心的聲音有助於提升個人意境。如何帶領讀者靜心領略繪本藝術的意境美，沒有一定準則，可以像禪定一樣，「觀物象特徵」之外，繪本就像審美的師傅，領著讀者進入藝術的世界，卻不能保證也不會想讓每位讀者因為閱讀繪本成為藝術家。意境美是高級精神心理活動，通過審美與作品對話產生美感，這個過程有的需要知識積累和有豐富的生活體驗，有的時候對平凡的生活要有熱情，經常保持在「好奇寶寶」喜歡探索的狀態，像「問題兒童」喜歡問為什麼，喜歡在生活中找答案。繪本故事與生活聯結，提升意境，不能只閱讀故事，不知在生活轉化連接。

二、繪本意境美轉化生活連接

　　繪本美感教學，除了專注於故事內容，還要在故事以外開拓美感的視野，引導投入個人的情感，自由表達閱讀感受，喚起生活的認知，散發性擴展話題，引發讀者與作者之間、讀者與讀者之間互動對話，激發思考，回答繪本以外的生活話題，例如：

1. 吹玻璃藝術這個行業早期為什麼沒有女生？晚近已經有女孩投入成為文化產業的佼佼者，誰是臺灣的艾蓮娜？

2. 精緻的玻璃藝術，國內外有哪幾位成名的玻璃藝術家？他們創作理念與實踐歷程有何故事？

3. 想一想，職業性別的問題，為什麼「從來沒有女的吹玻璃師傅」？

　　討論思考在全球化創新人才的需求，從生活觀察如何隨時改變自己的偏見，不否定不畏懼自己的局限性，能像艾蓮娜一樣，願意付出行動，做開創性的第一人。

　　繪本艾蓮娜的故事，寫實的生活中是存在的，由此繪本故事可以衍生出一位藝術家的生活與作品的關聯，認識人追求某種價值的意義，認識自己生活文化中的職業屬性，發現藝術在生活裡隨時感受生活的美。藝術源於生活，繪本故事是生活的縮影。學齡兒童發展至少年，為什麼還需要繪本？因為從繪本故事看見自我內部的意識力量，內省反思：「我是怎麼想的，我和故事角色有類似的思維模式和行為嗎？我可以怎麼做？」故事虛構的情節不合邏輯，進入現實的情境又可以經想像自我超越；它有故事寫作的結構，卻又不讓讀者陷入概念化的思維，而是藝術的思維，所以故事意境美是從日常生活觀察發現美。

繪本以藝術形象設計意境美，有時只需要在生活片刻專注於某一個物象沉思。在有意注意的當下，忘了外在事物並和觀察物象融為一體，美感的經驗就會產生。這種意境是在美感經驗不斷體驗下日漸提升的。人的生活經常是規律的，如果每天都往返於學校和家裡的路上，卻不曾發現沿途人物景觀變化心有所感，對任何一件事都未曾注意，好像睜著眼睛的瞎子，張著耳朵的聾子，視而不見，聽而不聞，單一應用繪本要懂意境是很難有效果的。繪本是教生活的教材，生活美感經驗怎麼教？培養敏感度從觀察開始，卻不能僅憑直覺自然發展，還要經由文本分析認識作者創造性思考，理解藝術創作技巧輔助審美認知，更重要的是激發生活的感受，給予聆聽分享表達美感經驗的機會，越能互動感受生活美的意義。

肆

故事的語言動感立體

一、閱讀故事語言情動差異

　　優質的故事在於有意義的訊息，樸實的語言也能讓人感動。讀者對繪本語言的感受深淺度不一，有的人只能在平面的語言看見故事，有的人能超越語言知道「怎麼樣」看見立體的故事，這就是美感情動差異。其差異類別在於讀者審美偏好、年齡、知識、意識、判斷，有的人審美趨於現實功利的意義，不能情感投入參與作者所創設的生活與情感，知識和眼界停滯在有用或無用的分析，這種讀者在故事中無法找到知識的新意義，因為審美主體不了解審美客體，所以故事也無法使他產生激情的美感。

　　還有一種現象是審美主體，缺乏與客體所描述的經驗，有相類似的體驗，當閱讀故事的訊息刺激大腦，大腦卻空白無法喚起曾有的美感經驗而能有所情動。這個因素的背後與居住區域、城鄉差距、有無文化學習的環境，還有生活相關訊息是否充沛、是否不均有關。這種現象若欠缺具體形象以外，從知識經驗或情感體驗為基底的聯想力啟發，長期用眼睛閱讀故事的時候，不能讓自己的心靈

融入意境，從腦海浮現一幅立體的畫面，只能看見眼前的符號，不能看見那個看不見的抽象空間，對故事始終是平面的語言，故事無法激盪對生活產生熱情，發展至少年的心並非冷漠，而是缺少和他人交流有意義對話的語文能力，容易陷入孤寂。

資訊科技時代不缺符號閱讀，感官影像刺激，缺乏美的審察思考，令人擔憂如老子所言：「五色令人目盲，五聲令人耳聾。」視而不見，聽而不聞，麻木了！對生活沒有感覺，感覺生活沒有意義和希望。激不起積極進取心的少年，心無所安適，像沒有靈魂的身軀，茫茫然。老子也說：「天下皆知美之為美，斯惡已。皆知善之為善，斯不善已。」當天下人都知道什麼是美是善，即厭惡不美不善的事。美感教學不用做美醜的比較，美感教學應該「行不言之教」。不言不是不說，而是不用訂立標準操作程序規範對美的學習，也不用選其過於人為的藝術、華麗文藻不自然的讀本，繪本的語言淺顯易懂，不失它藝術的價值，兒童皆可自學。

擅長講故事的莊子，認為以言詞為主的寫作，作品文辭矯揉造作是不完善的人為藝術，語言所能傳達的只是形色名聲的外在跡象，言是用來暗示與象徵意的一種符號而已，要求寫作言有合文理的自然美，主張「寄言出意，得意忘言」，要寫作者能不拘泥於語言文字，作品要意在言外，強調「言不盡意」和「不言之教」。孟子認為人具有先天內在的理性，仁、義、理、智，存在每個人的心中，能自我規範行為，趨向道德美善；要能實踐須喚醒人心的自覺，經由知覺活動提升自己，提出重視「推恩」的教育法，用順推擴充人惻隱之心、羞惡之心、恭敬之心、是非之心的善性。順推是順人的本性「自然」發展，自然不是像荒野蔓草自生自滅，而是需要養氣，積極使生命道德化產生自我實踐的動力。從閱讀養氣的教

學法，提出兩個策略：

1. 以意逆志，解說者不拘泥於文字表面意義，根據全篇文章做分析，全面了解作品的內涵，深入理解文章的本意。
2. 知言養氣，從閱讀培養辨別言詞的能力，從文章中分辨不正當的四種言詞，詖、淫、邪、遁。

　　能分辨語言字詞的優劣，可以產生內省修養功夫。道家與儒學的代表，從寫作者與導讀者立場，都強調「不拘泥於文字的表面意義」。禪學也以「不立文字，不離文字」的說法，主張寫作與閱讀需要從文字表面理解，超越時空看見故事的多層次意義訊息。於是自漢賦之後，文學藝術美精神，趨向於真、淡、悟、味的美。以佛經有一則寓言故事《群獸過河》為例：樹林裡三面起火，只有一面沒有起火，卻被一條河擋住出路，野獸跑到這裡走投無路，正在危急時刻，一隻身強力壯的大鹿，用前腳跨到河的對岸，後腳蹬在河的這岸，讓野獸踏著牠的背脊過河。野獸一哄而上，踩爛牠背脊上的皮肉，為了救大家咬緊牙忍耐著，直到最後一隻兔子也過河了，大鹿力氣用盡，背脊被踩斷掉落在水裡死了（謝希堯編1998）。

　　這是一個沒有語言修辭口語話的故事，敘述發生的一件事，沒有高潮起伏情節，雖然在佛經中傳遞我為人人、捨身取義、犧牲在所不惜、悲心渡人的思想，這種平淡的故事對兒童而言，在沒有圖畫協助下，很難從文字感受眾多野獸慌張中踏過大鹿背脊的震撼，燃不起英勇剛健立體的美。閱讀平面語言的故事之後，往往沒什麼感受，它有寓意卻只能夠說：「有一隻大鹿，救野獸過河被踩死，好可憐。」這種故事寫法比較難以在閱讀被美激動起情緒，讓讀者有創造性的思維。對大鹿的情義感受描述，如果不做延伸討論觸動問題思考，較難在簡單故事激發個人太多的想法。所以，淡味的文

學之美，需要有相對意境的讀者才能領會。

　　繪本的美，淡得有趣味，符合閱讀年齡心智成長特徵，這是西方故事與東方故事創作技巧上的差別。繪本很多作品圖文設計同一位作者完成，在繪畫的同時也有了文字故事的畫面意象，作品有圖文並茂的一致性。《蓬蓬、小小和矮矮》文圖創作都是卡瑞吉特，他想把這本書送給「蘇塞爾瓦地區的牧童們，他們在萊茵河附近放牧，走過高山，經過懸崖，忍受著炙熱的陽光和風吹雨打：他們在暴風雨裡保護自己的羊群，嘗盡牧羊人的酸甜苦辣。」從故事放眼歐洲在那一片青青草原放牛羊，遠望連綿高山，想像中的歐洲風情畫漸漸映入眼簾。卡瑞吉特，在山林中獨自漫步，常回想牧羊人的號角聲，喚醒村莊睡夢中的人們，憧憬聽見遠處傳來鈴鐺的聲音，以此為寫作素材，帶領讀者和牧羊人一起進入放牧的生活。

　　卡瑞吉特，像寫自我的生活經歷，希望讀者和他一起分享快樂。快樂在勞動中體驗，牧羊人的快樂來自於工作和羊群互動的點點滴滴。作家是讀者的雙眼，為讀者的耳朵服務，描述讀者看不見的景物、聽不見的聲音，讓讀者有身歷其境的動感。作家敏銳的眼睛和耳朵，深微觀察有另類感受，透過語言文字繪聲繪影，輸出類似三度空間的影像立體效果，讓讀者用心也能看見語言模擬美感的情緒。卡瑞吉特就像《文心雕龍》說的：「文質相扶，點染在所不免。」文采、思想、內容、事物，想讓讀者美感的情緒有所波動，語言激情而恰到好處，角色對話說的是芝麻綠豆小事卻不會沒有意義，段落語言組織有形容語詞卻不會華而不美，情節想像天馬行空只要我喜歡沒什麼不可以，卻不會無結構邏輯，故事的情意，用聲音朗讀不用虛情假意，也不會無情無義。這個故事因為篇幅屬於長篇型，情節一節又一節地變化，有足夠的情境做立體化語言美感設

計，容易勾起讀者的情感波動。

二、語言符號情意感動教學

　　繪本以圖片幫助兒童了解抽象的情意、情緒、情感，故事使用描述性的語言，發展感受力、想像力、創造力，這個原則目標從幼童所閱讀的繪本，一直到少年喜歡閱讀的長篇故事，原則上都是不變的；改變較多也是教學需要把握的幾個要領是：

1. 繪本的美育功能作爲提升精神心靈境界使用時，讀者需要情感投入，精神要能獲得自由。
2. 繪本欣賞本質在於有愉悅的創造性想像，教學應有理性和感性協調的統整，使對作品美感精神內涵的理解。
3. 繪本以眾人共同建立普通主觀的原理，創造作者與讀者、讀者與讀者之間的共通感，卻又在洞察同一事件上產生不同的感受，讓讀者在閱讀時，從情境裡產生價值判斷，開拓視野，在人生領域中有世界觀與正向價值觀，有適應社會的學習態度。

　　繪本藝術創作的美，老師和學生閱讀同樣的繪本，知覺感受與理解是有差異的。換言之，讀者美感經驗是獨立的，美感教學須在不影響觀察的方式下，充分讓讀者釋放想像，從不同角度使對作品的感知能力提升，並以此體驗閱讀帶來感官享受和心理的愉悅，在對於閱讀有美感經驗後能喜歡閱讀。所以，指導少年繪本閱讀，盡可能選擇有動感立體語言的故事，容易有情動吸引力的內容做教學應用。再以《蓬蓬、小小和矮矮》作爲分組合作學習教學爲例，可以有以下幾個步驟：

1. 觀察 —— 不設限於文本內容的觀察，小組成員應用網路搜集資

訊，關於萊茵河畔的地理環境與放牧特色的關係，建立背景知識的先備經驗，整理簡報資訊中關於當地的生活文化。

2. 問答──各組學生從繪本圖畫根據「我」看見什麼、想說什麼，提出質疑，同儕之間有問有答地互動，就像讀者與作者之間來回對故事問題，不斷澄清自我的想法，讓故事從表面深化於內在的精神。

3. 思考──各組進入繪本結構對牧羊人在放牧時遭遇所表現行為、態度、精神、心理分析，文本所要傳遞的價值觀做評價。

4. 分享──各組以「我」是牧羊人，換位思考在同一個情境中如何感受與羊群寶貝蓬蓬、小小和矮矮相處的樂趣；遇到羊群離散的情境，可以提出多少種解決問題的方法。

5. 詮釋──故事由事件和人物對話組成結構，人物由對話表露心聲、性格、待人處事態度，各組充分自由想像，分析完成對作品人物形象塑造的解讀；個人從故事創作歷程表達自己發現美的心理感受，產生的原因是什麼；認識繪本立體語言通過互動體驗深度閱讀，自我美感經驗的關聯性。

閱讀繪本不是知道故事講什麼而已，而是知道如何培養有鑑賞藝術的能力，對藝術感到興趣，有熱情增強閱讀討論的參與度，對心理專業的老師，可以應用繪本故事進入少年情意的輔導。輔導未必是情緒障礙、偏差行為才需要做輔導，繪本作為情意的輔導，目標在於預防與成長的發展，學習口語情緒溝通要領。人的日常生活隨時依情境引發各類的情緒，繪本將生活的情緒，編造成有意義的故事，讓讀者認識情緒和學習如何情緒溝通，或發現美的情緒與生活動能的關係。

故事有很多情緒的線索，臉部、聲音、姿態、語言、圖畫……

都可以作為辨識，經由語言創造情緒感染力。故事創造感性的方法很多，例如努力後被社會肯定認同、由失敗而成功、在困境中不放棄希望、角色觀念的改變……。在故事情節中置於轉折點以立體動感語言的美，讓讀者感動流淚，由此藝術淨化人心，提升情意感知。因為閱讀自心對話調和情緒，通過「分享」，讓內在曾有的情緒顯露出來，在傳達體驗曾有的情緒和他人聯結，不僅表達自己的感覺，而且懂得如何有智慧管理情緒，讓情緒變得有新意義。即便描述失敗的羞愧感、罪惡的憎恨、嫉妒、羨慕……道德性的品格，經判斷察覺與詮釋其意義後，似乎能喚起曾經有過的經驗與共同感覺時，隱藏性的情緒藉此機會得以釋放出來，心會像被陽光透射心房開朗起來。所以，閱讀文學有意義的敘事可以自我心療，還會自動展開探索藝術人文美的知識。

伍

故事觀察體驗生活美

一、觀察感受生活的美

　　繪本以生活人、事、物、地爲素材創作，發生在日常生活的故事，都可以稱爲寫實作品，以生活常規、親子互動、人際關係、學習紀律……，偏向於社會化發展人格養成與道德或價值觀的內容爲多數。這些作品固然能取代父母師長喋喋不休耳提面命叮嚀，產生言者諄諄聽者藐藐的缺點，卻也經常缺乏實踐效能的說教，淺顯易懂在生活中習以爲常，無法引起好奇、探索、發現、驚奇……產生心理的美感，引發學習的動力。當閱讀繪本似乎再也找不到美的吸引力時，中高年級會認爲閱讀繪本是幼稚的，成人也認爲繪本屬於幼童與低年級學童閱讀的故事，不適合少年。這是因爲以繪本故事評價，是否有助於考試知識認知學習所以不適合。但是，如果以繪本發展對生活的審美，發展觀察與延伸探索文化與文明陶冶身心靈的美學，繪本適用於兒童之外的任何人。繪本像博物館，知道世界歷史、建築、音樂、舞蹈……，繪本有足夠的議題，可以在進入博物館、歌劇院之前，由繪本寫實的畫風與敘事內容，呈現各類的藝

術美。學習從畫作討論到批判問題、思考表達意見，讓繪本多元話題成爲教室或家庭，探索藝術與人文的教材。

繪本用藝術方法描述現實，情感表達方式必然情景交融，讓讀者從作品看出作者所營造的氛圍，以及潛意識中深層的感受。繪本創作情感的表達方式，並不會因爲讀者以兒童爲主，淡化美的這個重要元素，圖象與文字都可以經由眼睛與耳朵的知覺感受形象意義與象徵的美。童詩或童話，都充滿詩意的美感，詩意也就是用藝術方法表達情意感受，使讀者能從所見的作品，與個人生活或情感產生聯繫。聯繫兒童個人的知識經驗與情感體驗，雖然表達情感是生活化口語的敘事，但是在情境裡或角色性格表現與對話，有意境美、意象美、想像美、時空美、思想美、語言美、自然美、含蓄美、通感美，這些美交錯構成一本本寫實生活的繪本。繪本不同角度的美感，讀者能否感受出作品不同美的情調，需要積累審美經驗的豐富性。遺憾的是，我們經常只能聽到：「如何說出繪本的美？」

繪本的美可以轉化提升爲生活審美能力嗎？答案是肯定的。但是，繪本圖畫書會不會像宋朝的羅大經談論繪畫藝術創作說：「繪雪者不能繪其清，繪月者不能繪其明，繪畫者不能繪其馨，繪泉者不能繪其聲，繪人者不能繪其情。夫丹青圖畫，元依形似；而文字模擬，足傳神情。即情之最隱最微，一經筆舌，描寫殆盡。」（劉思量2011）沒有語言文字的繪本讓人無法理解呢？答案是肯定的，我們可以這樣相信羅大經，他對繪畫的個人看法，有其自我的感受，相信讀者習慣文字閱讀。但是，不要忽略了畫家有觀察事物特徵創作的能力，讀者可以經由繪畫內容的觀察，聯想進入繪畫的藝術內容，感受雪的潔白、月的明亮、花的清香，聽見泉水的聲音，

感受畫作人物心理情感的能力。以「一束康乃馨」為例，它是母親節的花，象徵對母愛的歌頌，如果單一給兒童提供畫面只有一束康乃馨的圖片，要求寫對母親的描述或感受，多數的兒童難以表述母親的精神心理與神韻。在過去幾十年兒童作文裡描述母親的內容，最常在童詩看見「媽媽像忙碌的洗衣機」、「媽媽大聲吼叫像一頭母獅子」，對於母親的長相都是「媽媽不胖也不瘦，有如月光般明亮的眼睛，有如好吃的櫻桃小嘴」，你可曾想過當這樣的內容不是個案，而是出現來自各地小學兒童投稿作文批改專欄的普遍不變現象時，當「天下的媽媽都是一樣的」，會不會有人因此不敢擔任「母親」這個職務，害怕這就是婚後女人的形象呢？也許不會。但是，教學需要改變，改變兒童對人物審美的認知，感性聯想產生真誠感受。就像低年級兒童黃櫻絢的描述：

……我的媽媽就像一朵花！永遠散發著美麗、香氣和愛。她大笑的時候，就像綻開的花瓣；她微笑的時候，眼神永遠給我堅定的鼓勵。就算我會失敗，她也會說：「智者千慮必有一失，愚者千慮必有一得。寶貝，你一定會成功的。」媽媽身上有一股清香，朋友們都喜歡和她待在一起。所有靠近她的人，都會被她樂於助人、毫不吝嗇、熱情開放的情緒感染。……媽媽，你就是我心中永不凋謝的康乃馨！我永遠愛你！

由此可見，兒童可以將具體的形象，通過聯想將抽象的情意感受描述，母親的笑容是綻放的康乃馨、母親的親切是康乃馨的清香，對母親整體的感受是不凋謝的康乃馨。兒童看寫實的人物畫

像，可以和生活經驗聯想，由感官想像超越時空感受聲音和任何形象的能力，可以從圖象思維領悟，創造不存在眼前、存在兒童心裡那一個美好的世界，母親的愛與美。能從繪本閱讀學習審美經驗的體驗，從生活現象有意地注意，喚醒深刻感受美的知覺，充滿愛與善的內心是美好的。兒童從審美產生領悟感，或許不是在日常生活中說出來，而是在一個情境下自然表露。

　　例如《Look——看！身體怎麼說話》這類典型寫實主義作品的時候，少年可以理解尚·梅金傑《自行車競賽跑道》，文字內容沒有情節，只有畫面和簡單的說明，告訴讀者自行車選手盡全速，緊繃肌肉迎接勝利，全神貫注衝向終點，至於結局輸贏，並非這幅畫作最終所要交代的；更重要的是教讀者，如何從圖畫的輪子，感覺自行車的速度，這是觀察、發現、審美的初步。至於其他畫作和內文也同樣的手法呈現，以看見身體各種的姿態，意會理解生活中某種情境狀態，身心或情感的感受。再如格蘭特·伍德，《美國式哥德》畫了一位嚴肅男人，手緊握一支尖銳的長柄叉，身旁一位僵直站立的女人，兩個人雖然站得很近，卻不親密，對這一幅畫觀察解說導讀者也是這本書的作者，吉麗安·伍爾夫，引導讀者對畫裡的訊息感到好奇而思考：「美國中西部的人怎麼生活？那裡的農民是不是非得強壯、獨立才能生存？」從畫裡兩個人嚴厲的眼神，感受他們像農場的守護者，阻隔陌生人進入農場，又從拉著窗簾的房子，給人一種封閉而私密的感覺（吉麗安·伍爾夫2012）。這本繪本畫作裡以身體表露心理語言，即所謂肢體語言的心理狀態。繪本反映生活，騎自行車的選手、農莊的人物表情……都是在平凡生活可見的現象，這種寫實藝術主要對現實生活細緻地觀察描述，希望讀者從藝術認識自己的生活，在所有學童寫作裡最不會描寫人物

的精神，就是缺少這類教材的引用。

二、體驗繪本生活美的教學

　　當藝術納入閱讀審美的教學，要怎麼教學習觀察生活的美？我曾經以「看懂藝術」為主題，用《我的建築形狀書》，要求從繪本圖畫，長方形、圓形、三角形、長方體、圓柱體，回想小時候，這種圖形的玩具是怎麼玩的？中高年級的學童很快想起木頭積木蓋城堡。城堡是建築美學，喚起舊經驗聯想可以展開生活的觀察。誰能回答作者潘妮‧安‧藍恩，設計給讀者的思考問題：走在義大利羅馬萬神殿，當光從頂端圓形的大洞照射進來，形成巨大的圓形光暈，會有什麼感覺？日本京都皇室桂離宮，從大門長方形的框，走進去會發現什麼？希臘雅典帕德嫩神廟，三角形建築區域的人物和馬的雕刻，是一個什麼樣的民族故事？從自身的感覺、隔著時空想像進去庭院的發現、雕刻上的文化故事……其實，這些答案在上課當下，多數學生很難直覺回答，憑空想像自我感覺在一個看不見的空間如何釋放想像潛能（潘妮‧安‧藍恩2011），因為他們習慣查資料說明簡介建築歷史。

　　生活美學的藝術，不是關著門講述藝術理論，更不是看圖分析法國巴黎羅浮宮三角錐的立面是怎麼設計的，而是從體驗中產生領悟感有美好的經驗。領悟感是通過物象有限形式的表現，把握物象形式蘊含深層意涵有所領悟理解，玩味中在感知的基礎上想像，理解、跟自己的經驗連接，推移、轉換過程有深層領悟，獲得滿足和愉快的體驗。於是課堂先做一個動態的活動，體驗想像走進神祕庭院，發現與驚喜的肢體表達，他們的想像細胞被啟動的剎那，表演

慾望強烈，各個好像大孩子一起玩遊戲一樣快樂興奮，表達內心的感受也很有創意。

接著做一個動態到靜態的體驗活動，雖然我們到不了埃及卡納克・阿蒙大神廟的柱廳，走過那些巨大圓柱體的石柱林，思考來生的旅程會是什麼感覺，以體驗回答作者的提問，卻可以在我們的校園，繞著陽光照射下的陰影，那一座印度佛教建築特徵的阿育王柱，然後禪坐於樹蔭下，聽佛教故事，想想人生的未來。如果當下領悟能有覺醒，這個體驗活動在靜心思考中產生有意義的美感經驗，也算師渡覺與智的教學。因為禪學藉生活環境做藝術培養覺性與智慧，強調靜心關注自心內在反應，對於生活品味重視在虛靜能妙悟，禪在生活藝術美學啟發智慧，如果能在平常處見深刻就能自我超越。於是我跟學生說《禪的智慧》有一則故事：

釋迦摩尼佛有個徒弟叫般特，生性遲鈍，五百位羅漢天天輪流教他學問不開竅，佛祖一字一句教他一首詩偈：「守口攝意身莫犯，如是行者得渡世。」並告訴他：「你不要以為這首偈子很平常，只要認認真真學會這首偈子，就相當不容易了。」於是般特反覆學這首偈子，有一天終於悟出其中的道理。佛祖讓他給僧尼講經說法，大家私下說：「這樣愚鈍的人也會講經說法？」般特謙虛有禮地說：「我生性愚鈍，在佛祖身邊只學一首偈子。」當他讀出：「守口攝意身莫犯，如是行者得渡世。」大家更笑著說：「我們早倒背如流，還用你來講什麼？」但是，般特從容講得頭頭是道，眾僧如癡如醉聽般特將普通的偈子，說出無限深奧的禪理（靜一居士2005）。

繪本很多內容看似平常的事，並不容易在日常生活中領悟，當習慣一種生活方式固定思考模式，對生活的美會經常無感，即便到

義大利羅馬，聖彼得廣場拍照，也不會想像「這個橢圓形的廣場兩側看起來好像一雙巨大的手臂，保護著廣場中的人」。因為來者是遊客不是旅人，不會靜觀皆自得。所以，生活如何有美感？

1. 人可以在生活微細處，體驗與觀察美找到樂趣，平凡的生活也能有說不盡的美感故事。

2. 跟著繪本無限延伸時間與空間想像，想像讓心燃起探索的好奇。好奇心始於好問，所見所聞隨時提出「為什麼」的疑惑，對現有的知識永遠不滿足，像童年愛看繪本的「問題」從中感受生活的美，重新找回童心快樂的感覺。

3. 或許只需要兒童讀繪本，那般地自然自在，念念不忘繪本故事美的滋味，重新開放自心的「空」間，讓童心飛揚起來，否則不容易找到繪本的美感。

陸

理性推理讀出領悟感

一、體驗與反映之間

感受美是人自然而然不用學習就會的本能，對於事物形體的想像與聯想，原本也是人大腦已經存有的潛能。當人長期接受邏輯思維，強化記憶與理解的訓練，壓抑右腦的結果，會讓想像創意思考萎縮。缺乏想像讓生活趨於貧乏單調，忘記了怎麼在生活找快樂。過去曾有一段時間，我需要到山東魯東大學講學，每一年4月初春，雖然陽光露臉，但是北風吹來仍有凍骨的涼意。從北邊境外教授宿舍，走向南方的教室，一排只有枝枒的樹，不搖曳也生姿，常讓我望之忘時，到了教室我總是讚嘆：「看見一排不著衣飾裸體舞者，真是美呀！」好奇的學生群起譁然：「裸體舞者在哪裡？」竊竊私語：「我們怎麼會沒看見？」看得出來，學生對生活體驗與我最大差別是少了觀察的想像，所以得想辦法挑起學生對生活審美的慾望。

我回臺灣，教大學通識課程，有一次學生反饋的學習札記，她說：「如果老師您問這幅畫美嗎？這個故事作品美嗎？爲什麼

美？我似乎只要告訴您：『我覺得……』並不需要說明：『為什麼美……』，因為美是直覺的，是主觀的，見仁見智，美是純粹感性的欣賞，經過分析就不美了。」這個答案說得有點道理，但是已經用美是主觀的意識，擋下教與學的門徑，以致不知如何對話談美。

換個「無語」方式學習，或許除了知道她怎麼樣看見美，還可以知道她喜歡什麼樣的美。她在學習札記上說：「老師給我一張戴帽子女孩的背影，還有一張女孩轉過臉來微笑的圖畫，老師問女孩看見什麼，為什麼會發自內心微笑？因為我不是那個女孩，不知道她看見什麼，為什麼微笑。只能想如果我是那個女孩，看見一片藍天和藍色的大海，想像我在大海裸泳，沒有被發現，我笑得很開心。」她的作業總有「不配合」題意回答，提醒老師出題的技巧。實質上她以看畫人的心，移情表達自己的想像和心裡感受，在個人審美的喜好，透露生活喜歡享受自由，不接受常規性提問，不喜歡在有限話題思考回答學習的性格。其實，她不知道老師可以用心眼看見她，感受裸體的姿態，也能看見她裸泳的美。

再換個「體驗」美感的學習，她的札記有了不一樣的說法：「老師要我們在鐘樓，用力敲響大鐘後一路不可以和他人交談，專注走路回教室，安靜坐下來，寫下心裡對走路當下的發現。我隨著鐘聲由大變小，慢慢走回教室，聽見自己呼吸的聲音，看見一片葉子落在我的腳尖，感覺一陣風吹來很舒服。老師，我要告訴您，走路的感覺很美，這是我第一次發現的美。」我能理解美如人飲水冷暖自知，只有自己親身經歷才能夠說得有感覺。沒有相同際遇只有意會的圖畫，難以言傳心裡的美。她聽到要表達「美」，一股氣爆味讓筆尖無法流露和顏悅色的語調。

美感經驗在自心的發現和體驗中感受，行、住、坐、臥，都

在靜中自我覺察、覺醒、覺悟，美感也在剎那的妙悟發生了。毫無體驗直接要跟學生說什麼是美，就像說什麼是禪，同樣很難說清楚講明白，無法定義而不可說。越是字義解釋分析，越陷入文字語言的迷障。禪學不言說，禪不做文字分析，因為言不盡意。畫境有像外之像，畫境的現象能否詮釋意義，需要超越表象和眼前可見的時空。美感不是知識的傳授，生活美的感知像禪學，越簡單的圖畫，越是需要透過想像對物體形象聯想，推理參透它的意義，由從平凡的生活體驗找到美。

二、從感性到理性的推理

　　一般人認為美是感性不可教的，美感確實不是知識的傳授，以講述的「聽」與「說」做概念認知，還真是難以產生美感經驗。如果教室只能靜態講述，我用寓言故事引導思考轉化知識和意識，從圖象或文字符號超越概念的認知，強化看問題的角度與深度發展審美能力。以下是課堂推理意義和作者對話，班級共同閱讀《菲力普影子跑走了》的文本分析歷程，看似一般故事導讀，卻是推理思考歷程：

㈠ 作者簡介

　　「佩卓‧貝尼索托（Pedro Penizzotto），於1992年出生於阿根廷。佩卓，熱愛畫畫，從小就夢想要以此為業，對他來說，畫畫不僅是一份工作，更是他生活中極重要的一部分。」這是寫在封面打開第一頁關於作者的內容，相信不會有太多讀者聯想：這本書的靈感源自於何處？故事主角菲力普是不是就是作者佩卓？如果是，故

事主題「影子」的意義是什麼？

(二) 故事摘要重點

當我們朗讀完故事之後，故事大意可以歸納幾個重點：

1. 影子遮住菲力普，沒有辦法看清楚，所以畫得一蹋糊塗，生氣失去理性的思考，不斷指著影子罵笨蛋，討厭影子模仿他的動作，粗魯的語言和行為讓影子受夠了離他而去，主要是因為菲力普沒有要道歉。

2. 失去影子的菲力普雖然心裡不安，卻口口聲聲說：「影子一點用都沒有！」

3. 故事高潮轉折設計一隻鳥央求菲力普的影子讓牠遮陽避暑，可以繼續飛行；菲力普，急著找回自己的影子，影子並沒有離開，再度出現時，菲力普向影子道歉，影子過了許久才原諒他。

(三) 故事推理思考問題

從故事重點歸納過程，對故事情節做推理思考：

1. 故事中的影子是誰？影子隱喻的意義是什麼？兒童擅長模仿，為什麼討厭影子模仿他？

2. 生氣口出惡言，罵影子是笨蛋，為什麼影子也有情緒？影子不再聽令於菲力普，反方向離去，除了受夠菲力普的粗魯無禮之外，還有什麼意義呢？

3. 影子離開菲力普雖然生活不受影響，但是心理出現某些現象？這是一種什麼樣的心理改變歷程？

4. 故事轉折是情節的高潮，設計求助影子乘涼的鳥，在這個故事的意義和目的是什麼？

5. 人的影子不會消失，故事結尾影子出現了，菲力普向影子道歉，
   影子過幾天才完全原諒他。如何解釋影子的消失與出現還有道歉
   的意義？

㈣ 推理故事意義的解答

　　這本故事雖然是繪本，談的是極稀鬆平常的影子，在心理教育
專業成人的眼中，都認為它適合中高年級以上乃至成人閱讀，因為
有的一開始只認為故事就是影子影響畫家的創作，可是在需要回答
推理問題的時候，發現簡單的故事有不簡單的心理交錯，不同年齡
與職業對問題推理回答，各個能顯現思考的特色。事實是如此，少
年對這個故事已經可以略有批判評論：「人們總是在不需要幫助時
唾棄他人，但在需要幫助時才知道珍惜它在生活中對你很重要。」
或略微看出故事隱喻的現象：「影子是另一個自己，像一面鏡子。
我們在生活中會因為一些小事變得衝動，有時我們自己也會無法忍
受自己。故事突出影子存在的重要性，令主角意識到影子對自己的
好處。其實，我還覺得這裡像是想要塑造一個易怒卻心地善良的孩
子，但好像沒有表達清楚。我們心裡一直都希望自己變得更好，道
歉意味著菲力普的改變。」還有的從生活經驗舉例後結論：「影子
是另一個自己，就像一匹脫韁的野馬，我們很難控制他。能夠在生
氣的時候冷靜下來的人很少，但我們必須面對另一個自己。人長大
過程不僅要享受自己，還要學會控制住另一個自己。」

㈤ 看出言外之意發展領悟感

　　綜觀以上問題推理故事自我詮釋的意義，回答了影子是誰。可
能是作者生活體驗想像產生創作的靈感，延伸反思人不懂珍惜擁有

的，以及人成長過程對情緒自我控制的重要。能從影子理解故事的言外之意，已經進入文本蘊含深層玩味找線索的學習。在審美心理學中的審美經驗型態有一種領悟感：「領悟是心意能力透過對象有限形式的把握，去領會它所包含的深刻意蘊。這種領悟往往是經過反覆玩味的過程，很少出現在審美直觀感受那種即刻性或短暫性的時候，一般說來品味越深領悟越大，特別是對某些藝術品的欣賞，需要審美領悟，否則難以獲得心悅滿足和愉快。這種領悟感，不同於理智感，雖然領悟也需要知識，卻是脫離具體普遍性知識，由想像、感知、歸結、形成概念，把感知與想像置於概念之外，不完全受知識概念理解的規範。」（楊恩寰1993）

　　指導故事推理，讀者如果能發現《菲力普影子跑走了》佩卓‧貝尼索托（Pedro Penizzotto）既是作者也是畫者，故事反映的就是高度情感移入的能力，以影子作為本尊以外的另一個我，對自己錯誤的行為做心理變化的描述，以及別人如何看待自己的行為。在鳥兒央求他的影子給予有飛行的力量，人心本性的善良在生氣之後出來了，心中的熱情燃起來讓他急得不得了，想找回自己失去的影子，這可以說是故事高潮情節的一段設計。即便鳥的出現是虛構的，但是從作家的體驗還可以領略生命哲思的美，因為故事以生氣影子失去理性，讓影子以主體相反的方向離去，象徵一個人只有行屍走肉的外在軀體，沒有了內在的靈魂，心將無所安適而不自在，就像故事說的：「一些孩子對他沒有影子這件事，感到很害怕……吸……吸血鬼照鏡子的時候不會有任何影像……」有時和爸爸媽媽走在一起時，他會有一種奇怪的感覺，覺得自己人在那裡卻又好像不在那裡……。心理現象一直到影子再也不和他分開，才因為人內外合一而快樂。這種文本不只是一個故事，而是一個可以思考愧疚

體驗感受，情節反映內在的我與外在的我分離現象。

　　故事是閱讀書寫的媒介，只有閱讀不在寫作中發展認知整合，自我觀念的梳理，發展推理思考的作用，不見得能有領悟的效果。如何提升閱讀的推理能力？首先讓推理進入到審美領悟感的層級，需要提問思考、語句判斷、行為推理，與生活聯結表達。其次是引導認識作家生活觀察的豐富體驗，如何發展情感移入的能力，理解他人的心情、思想、情感，讓自己融入他人的心境，真切感受他人的心理，不僅能從「我」的角度，也能從「他」人的角度評價自己的行為，對自己錯誤的行為感到愧疚，有較高的情感移入能力，有助於道德良心或情緒發展，充滿感情地對待他人，對待社會和大自然的一切事務發展同情心。

　　從繪本要有領悟感有時須重新閱讀，有時以自我的觀點分析文本，有時與自己的生活連接完成書寫作業，表達對故事玩味後的另一個想法，由欣賞和分析學會怎麼樣看與思考，在問題推理教學作為發展領悟感的鷹架學習之下，對文學故事體驗美的鑑賞，脫離表象認知理解，有深度品味和詮釋意義的能力。所以，繪本美感教學，有時候需要在故事推理分析之後，佈置相關作業，重新以個人觀點，看故事意義，找自己的感覺。

柒

故事看懂自己的情緒

一、臨床心理學家這麼說

　　心理學家艾爾伯特・艾利斯，對行為矯正研究，認為行為受內在信念的影響，情緒反應由個體信念、知覺、對事件觀點、看法、評價、解釋所決定，矯正工作應致力於提高當事人駕馭非理性的信念。非理性信念是情緒困擾的根源，通過理性治療，發展明辨是非，以及換位思考能力，並將這種能力指導用於生活，使當事人能長期投注於對自己有趣的事，而不在於眼前短暫快樂的滿足。

　　人為什麼會有非理性的信念呢？最基本的因子是當事人對自己的心理發出命令，遇到事情時認為自己「需要」、「應該」、「必須」，這三個命令用語，醞釀一種類似的信念：「我沒有認真工作將失業」、「不努力付出將對不起愛護我的人」、「我會被某一件事詆毀」、「我必須盡心盡力做任何一件事至死而無憾」，這種信念會造成心理功能失調，導致焦慮和抑鬱，同時伴有罪惡感和無力感，無法肯定自我價值，面對挫折的抗壓性減弱，想追求成功卻不敢冒險，避免挫折與失敗。所以，非理性信念會妨礙積極的情感發

展以及新生活體驗（楊廣學2003）。非理性的信念形成，有的是缺乏理性思維知識，即是對問題深度看法不知道如何剝絲抽繭，對問題思考面向有廣域性看見彼此的關聯，以及可能產生的因果關係做推理分析。

生活中有很多人潛藏非理性信念，就是缺少分析問題結構的思維。指導繪本結構分析，認識繪本作為美感教學的教材，離不開「心」的探討，繪本的美不一定都是感性以豐富情感想像建築一個沒有挫折的世界。相反地，有更多的文本以面對挫折、勇於挑戰失敗、自我認同，塑造符合讀者年齡心理偶像崇拜的英雄美。繪本生活寫實創作的文本，故事內容都有「心」問題，可以思考「心」故事應用方法。這是我在《看見繪本的力量》這本書提過的老話題，懂心理學的導讀師可以像艾爾伯特・艾利斯，研究理性情緒行為療法使用的技巧。以繪本為讀書療法，為當事人揭示矛盾的地方，還有一個做法是發展領悟和洞見的能力，從文本角色分析洞見思考問題的方式，發現隱藏在情緒波動下非理性的觀念。這樣設計教學內容，無非是對繪本語意多作澄清，可以學會從口語的故事用不同方式來思考，這個教學與艾爾伯特・艾利斯，理性情緒研究有異曲同工之妙，同時也經過繪本情節討論，更加認識繪本藝術對理性信念能力的關注。

繪本課程單元以「理性推理的領悟感」，介紹《菲力普影子跑走了》的文本分析時，當時課程目標在於認識作者如何創作體現心理情緒的技巧，層層分析文本菲力普的心理特徵，提出問題讓學生參與推理思考回答，並且將這個單元佈置為作業，要求以個人角度重新思考，分析影子跑走的意義，思考如何讓讀者更看見個人非理性的行為。再次上課的時候，沐恩以再讀《菲力普的影子跑走了》

親身體驗交作業，內容這麼寫：

　　榮格曾問，你究竟願意做一個好人，還是一個完整的人？每個人都是不完美的，每個人身上都有自己不願意觸碰的一面，親人朋友不願意接受，連我們自己也不願面對。你如何看待自己不喜歡的那一面？你會怎麼做呢？你是隱藏呢？還是偽裝呢？或是坦然接納，真實地看到它的存在？通過閱讀《菲力普的影子跑走了》，或許會給我們帶來新的啟發和認識。

（一）從作者來看繪本

　　作者佩卓・貝尼索托，從小熱愛畫畫，對他來說，畫畫不僅是一份工作，更是生命中極其重要的一部分。也許，在他小的時候，就會與影子一起玩耍，時而開心，時而討厭，時而想逃離，時而又發現影子對他的不離不棄……，這些快快樂樂、分分離離，亦或是若即若離的感受，就成為了他創作的來源。

（二）從象徵意義看繪本

　　「菲力普的影子」是什麼？「菲力普的影子」在我看來，是生命中不喜歡、不被我接納的部分，但又是生命中無法分割的部分。對於自己不喜歡的部分，或許忽略，或許厭煩，或許棄之不顧。但，這本屬於自己的部分，真的可以棄之不顧，逃避不理麼？佩卓也許就是在這樣一種體驗下創作了《菲力普的影子跑走了》。讀完這個繪本，內心充滿了感動，我感受著作者與影子之間的發生、發展和變化過程。《菲力普的影子跑走

了》給了我很好的答案，只有真正地看到它，接納它，擁抱它，才能活出完整的生命。

(三) 深度看繪本的認知

1. 故事兩個主要角色

菲力普和菲力普的影子，這兩個主要角色，實際上代表著自己和不被接納的自己。作者用人物和影子的關係形象而生動刻畫了這種關係，讓人印象深刻，記憶猶新。

2. 被故事的真實感動

菲力普向影子真誠地道歉，這個環節讓人心產生感動。學著像菲力普一樣，看到自己不被接納的部分，嘗試著和自己不被接納部分的和解。影子沒有立刻原諒菲力普，而是過了幾天才原諒菲力普。這個過程真實也讓人感動，這就和我們現實的生活很像，需要一個過程去發生和發展。

(四) 故事在生活中的體驗 —— 親子關係的調整

星期一下午，孩子的老師在群裡公佈了班級部分五分鐘演算超過了一百題的孩子名單。雖然當下我知道，這學期由於我忙著處理自己的工作和事情，學習都由他自己負責。但是，在接他放學的時候，我還是忍不住問了一聲：「你做了多少道題？」話語生硬，連我聽到自己的問話都覺得很煩躁。他說：「很少……」我更加生氣了。轉身騎上自行車嘟嘟嚷嚷地說著，自己說了什麼都忘記了。他接著問我：「媽媽，你為什麼這麼晚來接我？」生氣情緒湧上來，「我還要工作呢！不然怎

麼養你！」我就差沒動手揍他。

　　我倆來到蛋糕店，準備買明天早上的麵包。他使出全身力氣提起書包，他的書包的確很沉重。按照以往，我會順手幫她提書包。但是，那一刻，我只是生氣，根本看不到他。他似乎用誇張的肢體語言告訴我：「媽媽，請幫幫我……」我還是繼續一路生氣，對他愛答不理的。回去的路上，他主動找我講話，我儘量地克制，情緒不發作，但一種隱隱的看著他就心情很煩躁，起起伏伏，想按壓情緒但似乎又無法阻攔。我對他逃避困難感到厭煩。於是我問：「你想逃避嗎？生活學習無處遁逃！」他靜靜地聽著，默不作聲。

　　回到家裡，他又主動找我，把買來的蛋糕想給我分享。我說：「不想吃。」說著，我準備走進臥室，去處理我的情緒。他又跟到臥室門口，伸出手，把蛋糕又遞過來，估計他是鼓足了莫大的勇氣。我淡淡地說了一句：「把門帶上吧，我不想吃，我想安靜一下！」我坐在房間裡，開始哭泣！想到自己的膽小，週五的繪本課，我總是不敢發言，我討厭自己害怕。表面上強裝無所謂，但是我內心害怕自己再次捲入繁重的工作上付出太多，再次受到傷害。我不願意走出去。我討厭自己的種種……我覺得自己真的很糟糕！當我看到自己的這些方方面面的時候，我才發現我是害怕的，我不敢突破，不敢面對。當我看到自己的害怕的時候，我再也抑制不住了，我哭了出來。

　　那一刻，我突然意識到，他是不是也在害怕呢？對，做數學題的事情，對他而言，是不是他也在害怕？距離寫作心療

課，僅剩下十分鐘的時間，我趕緊向他了解，找她求證：「你是不是害怕做數學呢？」他點點頭。「你是不是害怕做不好？」他又點點頭，一聲不吭。當我求證得到答案後，他一下子癱軟地坐到地板上。然後，我蹲下來，抱住他。那一刻，我好心疼！我覺得自己真的好殘忍！一面拿著匕首對著自己，一面又拿匕首逼著孩子！

很快，就上課。剛開始，他沒有進入狀態。寫的文章，嘉真老師說內容很空。我一下又自責了，哎！是被我罵傻的。老師要求他重寫。坐在一旁的我，慢慢調整了自己，收拾好自己的心情。很快，他又寫出了一篇整個內容有波瀾有起伏的作業。

《菲力普的影子跑走了》，一方面讓我看到自己不願意接納自己，和對孩子不滿意的地方，另一方面也教會了我，學著接納影子它們。被看到，被理解，被愛，這種接納的感受比撇清和影子的關係更有力量。

這是一篇從繪本故事閱讀與自我生活情感體驗連接的寫實故事，這個故事有情節，有心理變化，能觸動人心的美。描述看見自己非理性的情緒，情緒像蛹被困在自己做的繭裡。卻是在閱讀《菲力普的影子跑走了》之後，破繭而出領悟接納自己的重要，明白了適時在當下調整內心的衝突和混亂，證明美不是存在感官的直覺而已，美在於深度自心的覺觀。覺觀是內心的關照與自覺，覺察、覺醒、覺悟，繪本的美在自己閱讀後會換位思考，成為另一個故事的

主角，重說故事，改變非理性思維。能夠理性洞察生活事件是如何發展，看見自心矛盾，學會調心，讓事件有圓滿落幕的智慧。所以，美的作用在感官進入自覺的時候，常無意間讓繪本的心與讀者的心相通，讀者被故事感動而淨化心靈，成為最自然的心理輔導。

　　戲如人生，人生如戲，繪本故事是描寫現實生活縮影，像一齣戲的腳本。在作家筆下，每個人都可以成為故事的主角。很多讀者能從繪本故事看見自己的影子，在似曾相似的故事跟自心對話，讀著讀著，就感動得哭了。故事的美就在被感動的剎那，心起了波瀾，又慢慢沉靜，投入故事情節而融合。心由激動而平靜，有一種主角是我，我是主角，夢幻不實，實而夢幻，美感經驗就這麼形成了。看見藝術創作美的手法，看見自心的影子，就這麼讀得「有感覺」。繪本美感教學無可預期的結果，結果無預期看見了。美感教學經驗就這麼美，美再度滋養教學熱忱，再度與心理學工作者一起探討繪本「心」繪本「情」是很美的課。

故事案例討論與思維

一、故事正向心理的討論

　　繪本具有大眾心理的現象，透過繪本教學可以在故事中認識社會群體複雜的心理。從事心理學工作的彩容，學習作業關注追求完美的兒童心理特徵，引用孫瑞雪《捕捉兒童的敏感期》的說法，以及引用《約瑟夫有件舊外套》閱讀之後的領悟寫學習作業，她說：

　　　三歲或四歲幼童，追求完美——從審美發展到了對事物完美的追求。每件事情都不能出差錯。追求完美是孩子的天性，當然也是人的天性。它從兒童時期開始出現，保護它就是保護一個追求完美的人。成人不會把有瑕疵的蘋果看成不完美的，但是成人依然會對一個接近完美的蘋果驚嘆，會為一個接近完美的自然物件或藝術作品感懷。完美給人帶來精神上的愉悅。兒童追求完美，表明兒童的精神世界開始走向豐富和深入。

　　　事物的完美是隨著觀念的發展而發展的，兒童認為不完美的事和物，在成人那兒可能具有美學特徵，比如殘缺的美。但

對完美事物的感覺，對規範事物的感覺應該留存下來。只有這樣，兒童的心中才會有標準，他才會追求事物的完美、和諧、規則，並為此而忘我地工作。

對於幼兒的完美敏感期，首先我們須認識到這是幼兒成長階段必須經歷的階段，接納孩子的情緒，容許孩子表達自己的情緒；其次，如果孩子的要求是非原則性，儘量滿足他的完美願望。如果超出原則標準，則疏導幼兒情緒。如何疏導呢？我們既要能讓孩子保留對完美事物的美好感覺，同時又能擴大對完美的認知，完整是美，標準是美，不完美卻給予我們進行創造與創新的機會，讓我們可以是「無中生有」，可以是「另闢蹊徑」，這也是一種美。

就像繪本《約瑟夫有件舊外套》描述追求完美兒童的心理特徵，這本繪本取材於西姆斯‧塔貝克（Simms Taback）年輕時的一首猶太歌曲：約瑟夫在他的外套破舊後，用這舊外套做成了一件夾克。當這件舊夾克縫縫補補多次時，他又把它改成了背心。背心變得又破又舊後，他又把它做成了一條圍巾。……直到這件外套再也沒有可改的餘地。聰明的約瑟夫「做」了一本書，告訴我們，你可以「無」中生「有」，不斷創造出新的東西。看似不完美的破爛用品，聰明的約瑟夫總有辦法，賦予它新的面貌，一次又一次「化腐朽為神奇」。

在繪本閱讀中我有幾個領悟：

1. 領悟到了約瑟夫的人生智慧：總有辦法的，絕處總能逢生！

對於追求完美的孩子，我們不妨在繪本閱讀中與他一起思

考，如果事情無法達到自己原先的期望，願望無法滿足時，我們如何應對？多思考、多想辦法是不是可以有意想不到的結果。

2. 領悟故事的積極向上，面對生活的困境與無奈，約瑟夫總能微笑面對。讓我們與孩子一起去感受分享約瑟夫在每個場景中的心情與想法。

3. 領悟不完美也給了機會讓我們創造另一種美，又破又爛的外套一點也不完美，可是我們可以再次創造：把無變成有，把無用變成有用，對破舊進行創新，賦予它另一種展現美的形式。穿著它在婚禮上歡快歌舞……。在一次又一次的不完美改造中，我們再次看到了美，由此可以讓孩子豐富他對完美的認知，擴充對完美的理解。

二、故事案例特徵歸納思維

　　追求完美的人應該是面對任何事都有正面思考，而且對自我學習與表現要求極高，這應該是教育中被認為可能資優的學生。但是，完美主義的人，對什麼都不滿意，凡事盡最大的努力，燃燒自身力量殆盡，還是得不到肯定，看不到未來的希望，容易對任何事物失去興趣。繪本總是以「轉念」找到另一個人生的舞臺，緩解完美主義者失敗時負面思考的力量。學會轉念需要一種看清問題本質的智慧，也與人的性格能否以開朗的心接受事實有關，不是每個人遇見人生困境的時候，都懂得用另一種思維看待問題。從事心理學

諮商的敏秋，學習作業從《完美的沙莉》，對學音樂將參加鋼琴獨奏的沙莉，提出產生完美主義心理的幾個因素：

1. 高度對鋼琴表演的自我期許：期許表演時自己會像大明星一樣閃亮，不斷暗示自己：「表演時我必須是最優秀最完的。」
2. 演奏失敗懊悔強烈自責：心裡尷尬又憤怒，不斷告訴自己：「我演砸了，給老師和團隊丟臉。」想躲起來馬上離開會場。
3. 追求贏，怕輸，怕出醜，逃避選擇退出：參與任何活動都告訴自己：「我不能犯錯，我必須是最重要的、最閃亮的，我必須是最完美的，我必須贏，我要得A。」在這樣的自我信念中，任何事都要自我完成，怕失敗，不敢嘗試新事物。

　　這本故事以追求完美者心理特徵為素材寫作，故事內容以師生與親子之間的對話，使之思考感悟改變。故事的美不是沙莉的完美主義，美在於任課的每一位老師，還有母親的言談，表露對話啟發心的感悟。敏秋的作業也從故事話語做了整理，其間令人感動的語言，如鋼琴課老師普拉特夫人說：「犯錯是正常的，每個人都會犯錯。」如科學課老師沃特森夫人說：「沒有完美的事物這種東西，選一個你感興趣的就好，只要它恰好適合你。」戲劇課老師夏普女士說：「演主角對一些人來說是令人激動的，但是其他角色也很有意思。」莎莉的媽媽說：「你不需要成為足球冠軍或者全優的學生來取悅爸爸媽媽，畢竟，爸爸媽媽愛的就是這樣的你。」

　　說話是一種藝術，藝術的語言不需要雕飾，自然真誠就是美，這種美源於對人真誠的欣賞和包容。能容許學生犯錯的老師，讓孩子勇於做自己的父母，懂得欣賞兒童真的面貌。美的語言可以取代說教讓人心柔化放下自我極端的意識，沙莉如盧梭所言：「人之所以犯錯，不是因為他們不懂，而是自以為什麼都懂。」沙莉所害

怕的不是別人，是自己的心埋在黑夜，看不見自心在追求一個錯誤的目標。沙莉雖然努力要達到完美的境界，卻不懂得享受過程的美感。如果我是沙莉的老師，會引余光中的話說：「人生有許多事情，正如船後的波紋，總要過後才覺得美。」如果我是心理輔導的工作者，像哲學家給迷茫的學生「愛」與「智慧」的對話。我有時會引導學生在生活中像一位哲人，經常思考「想辦法」解決問題，在學習任何一次體驗，隨時感受驚訝的快樂。

繪本美感教學需要賞析，不只要知道怎麼樣欣賞，還要知道怎麼樣分析。

繪本閱讀以提問教學，理解讀者對文本問題的反思，同時也作為故事深度閱讀對話的途徑，對於完美主義的兩個故事，彩容和敏秋兩份不同作業，分別做以下提問設計：

一、對低年級學童閉鎖性提問

能引導孩子結合他原有的經驗來作答的。

如：假設你也有一件破舊的外套如夾克或背心，你打算怎麼改造它？

在生活中，你有沒試過像約瑟夫爺爺一樣，「無中生有」，用舊的，或破的、爛的東西創造出新的東西呢？

在你身邊，有沒有像約瑟夫爺爺一樣的人？是誰啊？為什麼你說他（她）像約瑟夫爺爺？

二、用於中高年級開放性提問

你是否經歷過失敗或曾經犯錯？請描述當時的經過。

當你經歷失敗或犯錯時，你心情如何？你有哪些想法？這些想法又如何影響了你日後的生活或選擇？

你面對失敗或犯錯的態度，比較像繪本中的哪一位同學？

你認為在失敗或犯錯中，能學到什麼？請舉例說明。

　　看見故事情節的問題，經由提問是對問題聚焦，找到文本的中心思想，協助閱讀思維的開始。面對完美主義的個案，繪本的主角與配角皆為事件的範例。作為問題探討分析與思維的媒材，能否發揮文學敘事心療的功能，仍有賴於理性的思維，強化問題思維如何思維的能力。如何思維需要學習，幼童及學齡期低年級的兒童思維，在具體形象不受拘束自由想像，日漸由外在知識經驗的學習，會在已知的概念基礎上擴大聯想，超越表象而有抽象的想像，知識經驗和情感體驗組織，由新舊概念做判斷的理性思維，進入反省的思維。

　　歷經思維的過程，兒童需要有情境觀察，有的在感官可見當下觀察，有的從自己的記憶或別人的經驗觀察，繪本故事即是提供情境觀察、在個人記憶回想、在他人經驗判斷思考。低年級所設計的問題是自由想像型思維，高年級所設置的提問屬於反省思維。以故事情境問題暗示，經反省而理智化，情節有人心的焦慮、矛盾、憤怒、恐懼、心理失常等現象，經由理智的觀察，發現問題的癥結，在合理的推理連接過去與未來，記憶回想自己的經驗和當時的情緒，並且在與故事情節角色比較，自心的問題會更明朗化，容易找到解決自心問題的方法。

　　所以，敏秋的提問看似與一般提問並無不同，如果輔導的個

案也是一位完美主義者，回答了提問而問題思考，是不是能如莉莎的領悟：「我不需要在每件事情上都做到所有人的最好，我可以在自己真正喜愛的那些方面做到自己的最好。我完全可以去嘗試新事物，把玩得開心放在第一位。當然，勝利更令人愉快，但是即使失敗了也沒有關係，我們仍然能享受到樂趣，並且為自己的努力感到驕傲。我們還可以享受錯誤，因為從每個錯誤中，我們都學到了一些新東西。沒有人是完美的。我自己已經足夠好了。」我們無法預測，有時候人們也會懷疑，改變人的意識並不容易，繪本哪能有神奇的力量呢？其實，關鍵在於我們希望導讀者能另類看問題，追求完美也是另一種自我負責態度，用提問促發問題反思，順性發展自信，協助啟蒙多元角度學會不完美的欣賞，多元嘗試發現不同的美感經驗。

玖

說感覺轉爲討論敘事

一、繪本單薄的「說」焦慮

爲發展兒童健康的心理，繪本都謹愼處理人生的悲歡離合，現實生活不是全然無挫折、無生死離別、每個人都過著幸福快樂的日子，人的成長有很多情景會產生嫉妒或羨慕的心理。兒童可不可以接受悲劇的故事？認識心理憎恨的面貌？看見人性隱藏陰暗的一面？晚近出版繪本心理故事的數量增加，顯然作家協助兒童，對「人」內心情緒發展自我理解有了寫作思考。

《等待太陽的向日葵》題意即可推論向日葵是迎著陽光而綻放的，沒有太陽的日子，向日葵保持等待的心是正常的。凡是正常的事也有不正常的時候，故事裡的向日葵就因爲沒有太陽而焦慮，以正常心態看問題的讀者會說：「花田裡的向日葵會自然適應陽光變化的環境，故事的向日葵會不會太庸人自擾了。」這是合乎情理的判斷，理性多於感性就事論事沒有對錯，這種認知從兒童到成人，都可以清楚理解事實如此，難道不明白道理的只有作者李驥嗎？事實不然，故事在「說」焦慮的情緒。

故事設計有美的畫境，在靜悄悄的晚上，聽見「花園裡的角落，傳來陣陣哭聲，原來是像向日葵正在哭泣」。靜夜中的哭泣，還有點淒涼的美；故事以會攀爬、可移動性的牽牛花，來到向日葵面前問個究竟，重點在於讓向日葵「說」心裡「擔心太陽再也不愛我了……」。得到向日葵害怕失去太陽溫暖的愛，感到不安全而焦慮的答案。牽牛花的提問和對黑夜星空解答，並且說：「因為太陽還有其他事情要做，所以拜託月亮幫忙照顧大家。」這種安慰劑的語言，讓向日葵理解太陽只是短時間地消失，並沒有真正地不見了。

　　另一本類似的繪本《我好害怕》，作者替故事的主人公，「說」出各種狀況下心理的害怕：「突然出現很大的聲音、做噩夢，或是媽媽離開的時候，我都會好害怕。」從高處往下溜滑梯「覺得自己可能會受傷的時候，我好害怕」。因為說不清為什麼害怕，所以只能把害怕當下行為說出來：「害怕的時候我會哭，很想跑開或躲起來，想要有人抱抱我，希望害怕的感覺趕快消失！」了解害怕的感覺之後，怎麼樣做可以不害怕？故事「說」我可以「抱自己的小毛毯或小布偶，靠在媽媽的懷裡，找個舒服的地方，或是看我做喜歡的書……」。故事還「說」害怕是每個人都會有的感覺，「有時候害怕反而可以保護我，我最好離兇巴巴的狗遠一點，我不該……」。故事以害怕是什麼、為什麼、怎麼樣，說明文基本結構式寫作，雖然有以物擬人化的圖畫，卻是短語句的說話，不是嚴謹的故事體創作。

　　《等待太陽的向日葵》和《我好害怕》共同點都是講害怕焦慮，讓成人理解兒童心裡害怕焦慮的現象，讓兒童學會害怕時該怎麼做。寫作方法或許考慮讀者為幼童，單純替代兒童「說」出心裡

的感覺，敘事只有單薄性「說」事，沒有創造流動性高潮以及故事性情節變化，對於害怕焦慮的核心意義，無法讓讀者隨著情節有新的知覺，從舊有的情緒得到探索理解的可能，所以屬於認知為主的繪本。

有句話說：「一日被蛇咬，十年怕井繩。」記得小學四年級的早晨，鄰居家的柱子繫著一條小小哈巴狗，我揹書包要經過的時候，牠不停「汪汪汪」，叫得讓我害怕不敢走過去。上學快遲到了，趁牠不注意往前跑，我跑……跑……跑，牠掙脫繩索在我後頭追了過來。我好害怕，衝過一個人可以通行的獨木橋，趴！我跌倒了，我的左手斷了，一個月都無法上學。從小到大，我最怕一個人在戶外跑步運動，怕狗在跑的時候，哈……哈……哈……，遠遠的在我後頭跑過來，好可怕！數十年我並沒有因為狗主人說：「別怕！牠不會咬人。」消除狗對我無形的心理威脅。我能理解《我好害怕》說「最好離兇巴巴的狗遠一點」，兒童躲在大人後面怕狗的感覺。

每次看到狗都再度喚起我心裡害怕的記憶和情緒，我深信「說」而且一再重說同一個事件，除了加深記憶，有時會對某件事的某個人加深憎恨，圍繞在舊事重提沒有建設性的語言，事件沒有意義化，讓心靈淨化，心被困住了，就像一灘死水，無法重新看見問題的真相。有一次我重說「哈巴狗與我」的故事，貝兒，專注聆聽後說：「不對喔！狗也在運動，牠需要伸出舌頭，『哈…哈…哈』的排汗，否則狗也會熱死。」貝兒，像了解狗的心理學家，和我分享狗的心理和行為，這是第一次我有興趣對狗的心裡做理解，理解狗的需要，有一點減緩對狗害怕的程度，雖然不能原諒牠對我的傷害，卻可以冷靜和牠溝通：「別過來，我怕你了，我不走，你

先請吧！」狗可以無趣地走開，我也不會焦慮了。禮讓是美德，害怕並不羞恥，成人小孩都會有害怕的事，心理學家總是教人們要「勇於面對擁抱脆弱」，有些問題可以像繪本「說」的很簡單，要真的改變心裡害怕的感覺其實真是不簡單。

二、討論引出敘事心理關鍵

談焦慮的繪本不勝枚舉，以依戀和母親短暫分離焦慮，和初次上學焦慮為多數，這些故事普遍性存在於家庭和幼兒園，有時天天上演哭號淒厲令人鼻酸的戲碼。繪本導讀真的能改變兒童心理的焦慮嗎？有時候不能，因為若抱持「說」故事的心理，單純地「聽」故事，繪本無法自動產生多大改變效益。人害怕分離，害怕失去愛，渴望有愛被愛，當得不到關愛的心，心會處在絕望中。我曾讀到以「小草」為題敘事的一個段落：「……已經習慣媽媽冷漠無視我的存在。小時候我害怕失去媽媽，媽媽逢人就說我是愛哭的討厭鬼，我被嫌棄很快自動消失躲回屋裡，我無法讓媽媽得到別人的讚美，也得不到媽媽肯定的誇獎。我渴望讚美母愛的偉大，卻無法說出口，我是經常被嫌棄踐踏，牆角邊的小草，我常在夜裡哭泣，害怕做錯事，害怕天亮看見媽媽沒有表情的臉……。」

這是一段以散文模式自我敘事的故事，小草象徵隱喻自己的渺小無重要性，描寫真正害怕的是做錯事母親冷漠的表情。我向心理學專業的學生讀這段內容，並且討論如何幫助寫作者不在夜裡哭泣。他們為了解決問題，先對故事的疑惑提問：

1. 媽媽受了什麼挫折，為什麼心裡不能快樂而對她冷漠？
2. 媽媽無視我的存在，是自己的感覺？還是媽媽的個性表情本來如

此？

3. 如果被說「愛哭的討厭鬼」躲起來，是害羞還是媽媽真的在嫌棄她而逃避呢？

4. 常在夜裡哭泣，是被冷落還是害怕做錯事不敢見媽媽？

5. 沒有被肯定過，是不是媽媽對她有很高的期望，媽媽失望的感覺不知道怎麼表達，所以有冷漠的表情。

6. 我曾讀過一篇小草的詩，不記得全文，也許我可以告訴她：「抓住牆縫裡些微的泥土，仔細吸取一些芬芳的養分，趁著暖暖的和風，轉個身和流浪的白雲招呼，努力呵！」

　　故事體或散文的寫作，都是文學的敘事，去蕪存菁留下唯美或深刻感受的語言，對故事情節分析，雖然是想對人心裡深度理解問題探討，除非寫作主體自我回答，故事有時並不能給予所有讀者不同問題的答案，讀者也只能留下滿懷疑問。故事討論是一個用眾人的觀察、經驗、判斷，對同一個主題，集思廣益發現多元層次的問題，將一個簡單或不被重視的話題，經過討論把問題的意義浮現在眾人面前。故事討論是訊息的推理，作為個人問題理解，個人獨有的思想或情感做釐清，它需要在一個極具自由民主和諧的氛圍學習環境進行，導讀者在於提供主題做現象觀察後自我詮釋，有時在討論與詮釋中會催化個人曾有經驗與情緒，在一個被信任可以被支持的環境，每個人分享生活經驗，不一定都是歡樂喜悅的，有時也會是悲傷的離情，困頓無助孤獨被關愛的剎那，有時會是讀故事引起的感動，由於分享的時候不用害怕、恐懼、焦慮：「我說錯了嗎？」沒有反饋：「我不被肯定了嗎？」就這樣暢所欲言，而更深入了解在夜裡哭泣的主角，詮釋冷漠母親背後可能的經驗，由分享自我的經驗，認識他人的經驗，縱然不是標準答案，或說，或寫，

都擴展了自我生命故事的格局，有時很意外地讓導讀師因為討論看見自心情感的美。

這是一個很微妙的繪本導讀，導讀師所處的角色不在主要的地位，較常扮演的是一位專注聆聽的聽眾，聽！每個人敘事認識自我情緒的過程，聽！在越深度討論越能激發感同身受的經驗，回歸自我的記憶做分享，聽！一場遊戲之後，表達從《我好害怕》刻骨銘心的經驗，走出不害怕；聽！分享觀察發現小草的生命力，想一想對小草的美用什麼語言表達較為貼切，讓自己的心不再處於陰暗的角落哭泣。聆聽！要能聽出每個人的心弦曲調，聽！靜靜聽自己內在的情緒或感受，發現真正留在個人心中的意象其意義或象徵，內在觀察自己的心，所害怕的是什麼？認識自心才能自我主動去消除害怕的根源，這個歷程也會產生美感經驗。所以，不論成人或兒童皆可從單薄的繪本，一起共同閱讀討論，經過討論對問題核心的掌握，所激盪出自己的情感，重說故事的時候，綜合話題刺激生活聯想，有時情感自然地釋放，情如流水，滾石不生苔，淨化心裡的汙濁。這種敘事有別於故事導讀口語的「說」一件事，而是有意義地「言」說，有情境、情意、情感敘事，過程必須經自我「統整」使內外統一和諧，心理能和諧不害怕就快樂成長。

統整這個詞多義性多層次，有的稱它為「綜合」或「整合」、「統合」，名稱不同關係著使用對象的不同，統整有人用課程教材的統整，如果用於心理學的統整，可意指人的意識、前意識、人格、態度、情意、經驗、價值觀，心理智能……故事導讀師在通過繪本的一個主題，讓人能夠自主性地將生活價值或相同元素組合，生活經驗或情感體驗做連貫，乃至於將獲得經驗過程，片段無完整組織的思想自我統整，使之成為正向的生命能，討論的過程讓文本

的結構訊息，有一貫性圍繞在主題中心思想，並且擴充增加訊息以外的知識和經驗有通識能力。繪本只有在這種導讀過程，能對心理的焦慮有一點改變。所以，要想從過去講述式「說」故事，讓大家輪流說感覺生硬的繪本學習，轉化為生動的繪本美感教學，導讀師可以做三件事：

1. 用於改變害怕的心理與行為，繪本的選材避免像說短語句的內容，認知為重缺文學味的作品。
2. 對於故事分析、故事語言文字的結構，需要有較高的敏感度，例如從繪本內容情節，看出缺少流動性段落銜接無高潮，如何使用繪本的不足提出來讓學童一起討論。
3. 課程應用活動設計體驗，會比「說」更有效益，

　　例如對害怕上臺退縮行為的解決，思考以繪本中心思想，轉化以友愛有善有美感式互動式遊戲學習上臺，讓我好害怕感受上臺表達想法，贏得掌聲和專注聆聽也滿美的，應該可以減緩害怕上臺的恐懼，這種美感教學是從繪本個案延伸出來的。

拾

創造性閱讀生活美感

一、創造性閱讀的美感

　　一位心智正常的幼童怎麼樣學說話呢？以正常的感官看著照護者的唇形，聽說話的聲音並記憶而模仿，漸漸地心裡開始展開好奇探索，觀察形體，認識詞意連接後造句，從生活或繪本故事直接間接經驗擴充，從情境判斷意義，發展語文應用能力。學齡前至學齡後低年級，用形體想像思維，語言中樞經想像發展獨特的擴散性思考力，塗鴉畫圖直接表現具體事物認知替代書面表達心靈的語言，語文智能發展良好的兒童，能從具像實體的記憶用誇張突顯觀察的特徵，經特徵聯想進行創造性想像由實進入虛，實與虛之間發展抽象思維賦新義而超越，表現創造性思維在畫作的內容有獨特創造性，圖畫內容豐富性，性格反映在畫作裡。

　　閱讀量大，語彙豐富的兒童，能隨心所欲組合被觀察的事物特徵，日漸脫離圖畫，用語言符號概括書寫，擬人化想像流露善心本性知性與感性的思考，語言表情達意，顯現自我的超越和抽象創造思考。創造思考是心理活動，聯想力強的兒童能用語言思考語言表

達具流暢性，能知其然、知其所以然有變通力，舉一反三表現豐富的認知，能領悟抽象符號，足夠知識經驗組織情感體驗，表現理性與感性人文素養，任何方式表現心靈的想法時，有欣喜驚奇的心理快感，獲得正向的鼓勵會更專注觀察與思考，喜歡在創造性思考享受內心無人約束的自由。喜歡以創意方法傳達心理感知的訊息，從象徵性符號思考其中問題的關鍵性意義，當領悟而豁然開朗，在寫作時不斷創造性思考，能發掘一位有創造性的兒童，我以藝術家的視覺心像培養他。

因為我發現兒童的記憶模式，初期以照相方式記憶，將所見印象如實記在腦海裡，經刺激以後會從記憶中浮現，開始由具體形像邁向抽象複雜多變的語言世界。六歲以前能有抽象化的語言學習，應用舊經驗學習新知識的類化原則，進行形體辨識繼而產生概念，在問題的關鍵中領悟，表達對問題因果關係的理解。如果能儲存堆積所見的印象素材，能轉化組合成新的想法，大腦會像藝術家的思維，從語言進行無聲思考過程聽見有旋律的音樂，大腦會浮現一幅圖將聲音與形體做想像，聯結組合經驗知識的意義，想用口語或文字圖畫將思考結果描述出來。會因為思考方式不同，有不同的語言表達系統差異，形成各類獨有創作語文風格，而它所需要的學習基本條件，是提供知識經驗積累的學習環境，更重要的是從閱讀文學隱喻性暗示推理養成超越表象的思維。

隱喻是文學修辭的一種方法，它當然也用在兒童文學繪本故事的創作，語句淺易卻含蓄地表露情感與思想，取實景做象徵將情感表現在實體景象背後，或藉實景隱喻一種精神給人啟示之用。繪本的隱喻除文字符號，還以物體實像提供觀察，若教學引導提問能促發經驗聯想，拉近讀者與作者之間的心理距離，再以比較分析推演

其間的差異做思考，從已知引導推向未知，由點而線到面的群集網狀的聯想性思考，發揮聯對學習的作用，在擴散性思維過程，自我主體能感受自心的感受，認知文本沒有明說卻富隱喻暗示的心理，繼而推理並且理解角色的言行，好似與角色溝通分享，這時如果心裡有所得，而渴望人分享與文本產生的共鳴，這當下閱讀的美感已經醞釀起來了。

　　能享受孤獨靜靜閱讀，感受故事豐富人的心靈，能夠選擇與書做朋友，與書在不同的時空相知相遇，能從文字發現情意的感動，猶如茫茫人海中邂逅知音，像海內存知己天涯若比鄰的感動，這種閱讀感覺我稱它為創造性閱讀美感。創造性閱讀美感一旦萌起的那一刻，存在心靈的想法與感受，有一種想與人分享的激動，兒童閱讀的心理非常明顯。我觀察八到十歲兒童閱讀繪本，對人與物之間生活的關係特別感興趣，隨時在閱讀想像產生心理快感，參與故事表達時快樂得不得了，滔滔不絕超越表象時空，創造自我理想心理世界，自編故事好似沒有休止符。觀察十到十二歲的少年，當閱讀科幻、自然、知識、志趣、友誼、價值的、社會現象、立身處事、為學待人之道，素材來自切身經歷體驗的繪本，會從文本生活事件和行為做聯結，參與表達能對生活理解詮釋，通過編劇賦予新的意義，改編內容情節結構能設計衝突、矛盾、移情、有旁白說書的效果，繪本改編產生全新創造性閱讀的美感，這類學童生活是充實的，心靈擁有活泉熱情有活力。

一、故事劇圖書療法教學

　　凡事求完美有藝術家特質的學生，需要的不是說理，而是和所

有的同學一起體驗實踐創造性思考改編故事的樂趣，故事劇圖書療法常用於心理學的藝術治療，通過創作戲劇形式整理自我獨特的經驗，有以下幾個優點：

1. 增進自我體驗與觀察力，了解人際關係促進身心發展，展現生命活力，有意義地模擬故事的生活，找到生活真實與幻想的獨特魅力，由故事發揮共情理解，淨化心靈釋放情緒。

2. 通過參與互動想像喚醒潛意識曾有經驗反省，通過表演讓寫實生活與情緒聯繫面對心困境，戲劇表演與觀賞，從虛構和現實、體驗與象徵、行動和反思、身體與聲音找到結合點。當自身的想法與感受能完整被接納與認同，認識自我情緒，認識角色各類情緒，接納自身的情感，提升自我的概念。當自身情緒投射新角色，用他人的角度看問題發展同理心，故事劇圖書療法在心理教育富有很高的價值。

　　故事劇閱讀是靜態的故事立體化，以戲劇做故事心理的表演，需要合作在包容與溝通下完成，能將他人的缺點，經協助轉化為優點而順性體現，除了增進互動參與的樂趣，能演出故事不同的角色心理。為了演出模擬故事有深度了解，必須經過合作學習的歷程，共同閱讀文本，分析文本。參與活動時需要戲劇改編計畫思考討論，對角色形象與心理的探討解決有衝突的觀點，需要分工合作角色扮演，對角色語文特徵如何呈現，需要溝通以及接納他人的意見，這個歷程增強社會化的技巧，在互動合作腦力激盪，互動找到歸屬感、互動發展自我興趣與人際關係，參與過程能獨立思考解決問題，參與過程因為被理解被接納被肯定有所感動，人的心理能被理解而感動，容易發展相親愛的關係，這是一種藝術人文活動進行精神心理與人際關係輔導，這也是圖書療法的精髓。

故事劇圖書療法對班上活動不合群表現孤獨、覺得沒有相互理解的朋友、預設沒有真正了解我的人、過度自我保護使人際溝通障礙、自我意識難化解執著、沒有共同努力目標、自覺與他人知識經驗懸殊沒有自信的學生，在小組的對話分享使心靈契合產生共鳴，滿足渴望被了解，希望有朋友為伴心理……這一類的學生可以在這種互助性支持性的合作學習活動得到幫助。因為故事劇活動可以開放自己的心走出退縮角落，學習與人互動，在活動中因為內在潛能的釋放，而被「理解」和被「肯定」。

故事心理劇以現有的繪本故事改編表演居多。總體而言，學童上臺表演像玩遊戲快快樂樂，裝腔作勢演出角色的模樣，活動結束後能改變多少？產生何種美感？目前研究報告不足。我們重視好的故事劇應用，發揮藝術教育的元素，體現美感的學習價值，活動設計應該注意創意性內涵中幾個教育指標：

1. 藝術教育如何跨領域融合文學、音樂、美術，發展創造性想像。
2. 心理教育注意主題性情感、情緒、情感、情理，交錯的處理方法，分層目標的學習。
3. 生命教育，從文本學習思考性判斷，在有寓喻的情節推理領悟與自我表達。
4. 人格教育，閱讀能有感知性理解仁義、尊重、關愛等，內在人文素養如何外化表現。

繪本美感教學以「美」為核心，教學不完全要把閱讀視為藝術教育人才的培養，而是為學生搭起一個閱讀產生美感經驗的學習鷹架，這個鷹架要「多」一點，給予「多」一點機會，允許多犯錯，多在錯中發現體驗領悟。多思辨，多元思考多延展豐富性的情節。多想像，多有創意的組合性成果。多理性有自信表現自我，多被

肯定和尊重個人另類思維。多體驗美的生活藝術使心靈平靜，美的教育產生看不見的競爭力。多接觸美發展創造力，接收多元訊資訊整合提出批判，能多作關係比較改變單一思考，整合情感與思想，反思認識自己有表達能力。給學生「多」一點體驗活動設計，老師「少」說文字敘述，「多」與「少」調和出學習美感經驗。

老師在與學生互動時，能夠「少」一點干預，讓學習從感知理解物象形式中發現，看不見的精妙風格與理念價值，讓人凝神專注觀察物的特徵，隨大腦浮現意象聯結生活想像，學習在心靜的狀態，人心能隨時空在移動，讓感受力活躍而生產創意。這些創意的能力培養，繪本能不能發揮圖書療法效果，關係老師自身生活美學素養，懂生活美的老師，喜歡說生活的故事。帶領學生養成創造性美感欣賞能力，看每一件事都是藝術，陽光折射的角度、影子的姿態、植物的顏色、雨打在屋簷的聲音、籃球場上快節奏轉身投籃的身影、簡單線條韻律舞蹈……用美的角度發掘任何人事物而覺察它、感覺它、體會它，發現藝術在生活裡，生活在藝術裡，常驚喜繪本把生活的藝術美盡收眼底。這時走進教室，由分享實境生活美感經驗，引導學生感受繪本虛境情節說故事，進入角色的情感世界，又理智地走出角色情緒，澄明看見自我的感覺與思想。當心理學專業的學生問：「我被繪本圖書治療了嗎？」繪本美感教學已經產生效果了。

一個不夠感性的導讀師，做美感教學是有缺陷的，不懂得帶領學生從欣賞和接觸有感性美的作品，教學容易充滿認知心理，強調知識技能的灌輸與熟練，以邏輯思維對繪本情節因果分析，講究教學的原理原則運用，對於學童的故事劇創作過程不知不覺習慣性制式管理，教與學之間介入時，言談會讓學童權威服從變成標準化

的作業。所以，我會建議導讀師學習懂生活，有崇尚自然風的生活態度，積極培養生活品味，建構自我的價值觀，學習育化生命的胸襟，培養生活感受力，增進生活的審美能力。以自我特質影響學生愛上說故事，改編生活的故事劇。人有說故事的潛能，說故事也訓練組織人事物結構，學會說完整的故事代表具備多元智能，包括：

1. 語文智能，語言文字思考表達具流暢性。
2. 邏輯智能，情節結構合理完整具層次感。
3. 空間智能，想像聯想超越具像以外時空。
4. 探索智能，對社會生活與自然環境相關知識的好奇。
5. 內省智能，認識自我情緒理解他人情意。

　　一個有多元智能的導讀師，由導讀故事敘事認識多元的生活，不會因為生活經驗少情感體驗，讓生活情趣內容單薄無法分享感受、無法改變學童內向不能與他人交流的情緒困擾，單一思考過於感性執意追求自己的「完美」心理。

青少年繪本導讀範例

由感官引出心理美感
藝術欣賞積累審美知識經驗
旁徵博引故事連接生活經驗
舞動生命故事體現美感經驗

一齣舞臺劇看見美感

一、感官進入內在美體驗

　　在二十世紀德國「對話」思想興發中，巴赫金以藝術做分析闡發對話的價值並建構理論。探討：人為什麼存在？依據什麼存在？用什麼方法存在？認為世界上有意義的價值必須與「人」聯結，探討作家的審美活動、作者與故事中主人翁的關係，他發現有時候作者就是故事的主人翁，有時候作者會通過故事主人翁的立場批判自己，或對自己生活的審美方式做思考，有時候也會讓作者與故事的主人翁在意識上各自獨立，作者與主人翁進行對話的交往。巴赫金的語言哲學很有建樹，從社會學觀點研究語言，提出符號、意義、感受、內部符號的相互關係，探討人的意識與心理感受相互轉化之後，如何融合在一起並且進行意識的改變。

　　狄爾泰精神科學美學思想，從體驗與藝術意義，說：生命即是生活，通過藝術體驗認識生命的價值，透過藝術活動，去穿透生活晦暗不明的現象，揭示生命超越性意義。人不僅生活在現實的物理世界，而且生活在自己的世界中，生活在由生活體驗構成的境界

中。認為心理的體驗需要外化，外化的方式有語言、文字、姿態、行為符號、藝術符號，目的在於幫助他人理解。閱讀理解符號，不僅從表面理解，更要進入符號的內在層面做超越。看一幅圖畫，不僅要向內體驗也要向外表達，通過感官看見畫作的手勢或聲音（文字語言），意識到畫作者內心與生活，通過表達外化進行與畫作者生活或心理對話。

能通過圖畫表達理解畫作，可以理解自己是否有表達的創造性，看見自己能不能表達出自身以外的訊息，創造性表達能使體驗超出個人心理境界。表達是理解的初步，表達在於對意義的把握和理解，這是一個複雜精神心理的活動。人對生命的體驗不能是邏輯思維，而是讀者進入畫作者的生命之中相互融合。能理解畫作的符號，就是理解畫作家的精神現象，而使表達有意義。理解畫作的表達，是以自身體驗在對象中有了感悟，在「你」之中發現了「我」，藝術作品不論是音樂、文學、繪畫、舞蹈、戲曲，都在通過理解和解釋性的表達，讓自己更能懂得如何有意義的審美，或理解自己的感受，是不是真的理解他人所要表達的感受（胡經之主編 2003）。

或許因為寫作與教學是我的生活，這個工作也離不開藝術美學，我在藝術領域裡傾聽與注視而感受藝術的表達，不斷尋找啟示的途徑，對生活平凡的事物，經常無意間發現驚奇而喜樂，自己沉溺在美感當中。當心中滿足於一種美麗的生活，喜歡將新的不同方法體驗的感受和別人分享，生活中所經歷的事，有驚嘆之美、友誼之美、靜默之美、聆聽之美，有時也會感受離情死亡悼念痛苦的美……，這些對外在感受的美存在於內心，通過外化或當教學必須與文化、社會、生態等結合，我會考慮它對學習的價值。世界像一

本百科全書，人的內心世界也是一本書，人要如何跟自心對話也跟世界對話，繼而設計教學活動讓學生體驗、理解、對話、表達。

我最常使用傳說故事為教材，讓學生閱讀之後，都能像參與在劇情的一個角色，自我學習與作品對話，從作品閱讀問自己：我為什麼覺得情節有美感？我被情節感動的理由是什麼？故事的每一個角色、生命色彩與意義和自己的生活能連接嗎？怎麼樣看見作家筆下所形塑的美？自由無拘束地表達，有層次理順閱讀思考的途徑，體驗自我對話理解，感受故事設計美學的創意。屢屢如此自問自答，會讓專注力漸漸集中在繪本符號。當聚焦於問題的某一個點深度探索找答案，答案未必在繪本中，有時藉超越具體表象的想像在另一個時空，有時連接自我舊經驗有新的發現，這種愉悅感也是一次閱讀美感經驗。要學生也能從閱讀有美感經驗，要從三感著手，感動、感受、感想，引發學生因為好奇、探索、想像、知覺，給予心靈的自由，找到生活的感動，鼓勵參與學習設計體驗活動有感受、科技媒體與畫作、詩歌、舞蹈，欣賞、分析、對話、提問，整合，指導活用重組創造領悟生活之美有感想，延伸閱讀生活有感才有美，如果只憑知識傳遞，很難產生美感經驗。

我曾經嘗試過向少年青少年介紹《巨人阿里嘎概》的繪本，引導認識原住民族〈岩石生人〉的傳說，說明這個傳說符合人的萬物有靈觀、原住民由崇拜成為宗教信仰之一、形成一部分母系社會的組織、在尊天敬地的心理，因為認同各種禁忌，通過儀式、法術，約束行為和罪惡的赦免；原住民族神話傳說，在部落社會有無形道德教育、兩性教育、宗教教育，存在族人的心靈。這些議題引導走向民族文化藝術美的對話，走向多元文化的探討時，我的講述教學是失敗的，沉寂的教室引不起更多互動的對話。我開始做了改變的

思維：青少年爲什麼「拋棄」繪本，不愛這本故事？如何運用繪本創作藝術美的元素，引領讀者藉此走進繪本美感教學的學習。

二、故事被感動的創作元素

　　繪本是兒童文學，文學的藝術，就應該有藝術創作的原理原則。繪本故事是口語的藝術，語言是表達的工具，話要怎麼說得有藝術感染力呢？這是文學作家經常思考的問題。繪本閱讀年齡不限於兒童，爲什麼青少年讀者會放棄繪本？理由是那些具有「魔」法充滿想像趣味的故事不再感興趣了嗎？其實是所用這本原住民傳說故事的繪本品質，缺乏奇、幻、怪、誕的藝術美。文學創作原理可以不變，內容需要創意。故事有寫實也有幻想超現實的，如果作者以爲神話、傳說、童話，只要超現實的幻想或荒誕不經，誇張手法就能點燃閱讀的激情，甚而連藝術構思都不見巧妙新意，口語敘事缺寄託愛、惡、情、仇、豪邁、悲憤，合於人情物理的情意，作品是很乏味的。戲劇或小說很重視「幻中有真」，作品中的人物情節可以虛幻不實，內容表現的思想又合於現實，在一個奇幻誇誕的形式，如真反映現實的本質，在創作上要講究以形寫神，外在形象有視覺藝術美感，所謂「神用象通」，優質的文學作品要能夠讓讀者，從作家寄寓於物象的心，通過意象認識他人的思想和意願（張少康1991）。

　　民間傳說在十八至十九世紀，因爲《卡拉瓦勒》這部史詩，凝聚分崩離析的芬蘭，又帶領各國重視民間文學對藝術、建築、文化、心理影響和探討，爾後民間傳說的研究受到重視。臺灣以原住民族民間傳說，收錄不少關於祖靈的故事，晚近也出版兒童可閱讀的繪本。這些作爲族群文化精神傳承的創作平鋪直敘的說話，除了

給讀者「知道」以外，難以從中找到文學美的滋味。讀者不被故事吸引，青少年接受繪本美感教學就更困難了。繪本美感教學是藝術不是技術，有時要像說書的人，說、學、逗、唱，有時要像故事的評論家，對文本的美如數家珍，於是以2010年臺北國際花卉博覽會演出的作品《百合戀》，描寫臺灣原住民族魯凱族的舞臺劇為審美教材，這齣舞臺劇充滿視覺效果的美，更重要的是劇情寫實與浪漫交織，故事發展高潮連連，都有不同的美感，美的類型融入情節分析，在劇情圖畫搭配劇情音樂一起解說藝術美的欣賞，可以引起青少年認識民族文化藝術：

一、含蓄美

　　神話傳說美麗的巴冷姑娘在鬼湖邊採草藥，在山林中和萬物一起歌唱，巴冷的歌聲美妙動人，蝴蝶們被吸引了過來翩翩起舞，因百步蛇神曲笛聲所吸引，巴冷和庫勒勒兩人一見鍾情的浪漫愛情，故事伴著〈鬼湖之戀〉和〈情定鬼湖〉這二首魯凱族情歌，穿插在巴冷和庫勒勒情意流轉中特別扣人心弦！為故事的第一次高潮注入含蓄的美。

二、雄壯美

　　在蛇神前來求親的時候，巴冷的父親扎嘟路便對蛇神提出要求，希望他能協助打敗宿敵熊鷹族。經過一番激烈的戰鬥，蛇神大顯神威帶領族人，以百步蛇陣大敗熊鷹族，奪回了七彩琉璃珠。這是第二次故事高潮，帶著雄壯英雄氣勢的美，凱旋歸來，為迎娶巴冷公主付出的努力成果。

三、形象美

秋千婚禮是原住民族結婚習俗的一種方式，當新娘站上秋千，新郎開始擺盪，新娘緊緊抓住繩索，表示自己對愛情的堅持與勇氣，盪得越高，將得到族人越多的祝福，擺盪秋千上進行傳統結婚儀式，並加入臺灣原生動物，如臺灣獼猴、藍鵲、黑熊等意象，打造萬獸迎親的熱鬧場面。在這段故事以歌曲唱出「魯凱族婦女是被人人稱讚且愛慕的」，以及用香草植物阿答勃和依素祿的芬芳做象徵，唱出魯凱族女孩的溫情與愛心，這是第三次故事高潮，從原住民族結婚儀式顯示人與大自然相互依存，原住民族回歸自然的形象美。

四、情理美

在原住民族的結婚習俗有一個濯足禮，母親在女兒出嫁前，會用木盆裝著清水為女兒洗腳淨身，母親還會用繩子緊緊在女兒身上綁上「貞節布」象徵女兒在出嫁前的身體是純潔無無瑕的。所用的方法固然都是一種象徵女性對貞潔情操的重視，它不僅是傳說，至目前為止也真實留在民間結婚的習俗文化。故事體現母親對嫁女兒不捨和祝福的心情，不以言表而能被理解的情意表達。這是第四次高潮，習俗文化合於人心內在的情與理之美。

最後，當巴冷隨著百步蛇神沒入鬼湖中，舞臺上將瞬間齊放千朵代表貞潔的百合花，「大鬼湖充滿幽魅氣息與生命，而這裡也是魯凱族敬仰的百步蛇神居住地，對族人來說，此處更是神聖不容侵犯。在悠婉淒美的歌聲中，蛇神為巴冷撐起芋葉傘，牽著巴冷的手，緩緩步入鬼湖中央。湖邊長出了遍地的百合花，族人相信百合

花是巴冷的化身。」整一齣戲劇相當溫馨感人！

　　分層解析還要總結故事不同層次美的功能，剛性美和柔性美兼容並蓄，交織動感畫面有物我合一的關係，超然物表脫離人間的俗塵，有社會習俗道德的美，這些美感都是感動讀者的元素。上課青少年從PPT看見鮮豔的圖象，聽劇情的音樂，知道藝術創作美的元素，如何不使情感的連綿起伏受限，角色性格、情愛、心理、社會文化……整體一貫性融合在劇情裡，在視覺感受同時理解劇情故事美學創作的原理，對民族文化之美有新的認知後，要求閱讀長篇各國民族文化故事，從故事找到審美趣味，分享角色語言、行為、處事風格特徵，學習表達能對美，描述有較專業的術語，聽起來像個懂欣賞藝術的行家，因為會說「審」美的話。

貳

讀傳記文學的另一章

一、傳記文學人物描寫要領

　　傳記文學以人為主，以紀實完整為原則，需要有文學性的感染力，突顯人物特質，時代背景、獨特有成就的生平事蹟、人生態度、生命的情調、朋友、閱歷、生活處事風格，都是寫作的素材。有經驗的作家會因為目的不同，在龐雜資料中整理塑造出故事主人翁人格特質鮮活形象，透過文學敘事將其生平事蹟，敘述出深刻動人的故事。對於生活軼事細節描寫，由外而內也不是任何小事都巨細靡遺，容貌、衣著、談吐內涵、心理情緒思想，都反映在行為的表徵。因為這類文學在發展與變遷的轉折都需要層次性的情節，思考故事對讀者啟發的意義。語言也要合乎人物的生活文化，口語表達也應有白話文學的雅趣。

　　名畫家、音樂家、舞蹈家……成長經歷的傳記文學，離不開成長的環境、文化、種族、人物性格、自我認同、自我實踐、心理轉化等等，提供青少年閱讀認識多元文化、適應生活環境、自我興趣的追求、心理調適……閱讀繪本傳記文學是合適的。至於傳記文學

如何讓讀者有感，導讀者選文本還真的是要在平常處見深刻。多數繪本以主人翁成長過程，所面對的挫折、人生態度、追夢實踐寫實生活的對話紀錄爲多數。編入繪本當然是作者在說故事，如果繪本是國外作家的作品，由翻譯提供國內兒童閱讀，翻譯者也間接參與創作。

翻譯不是改寫，固然必須依原文本義，呈現文句語法的正確性，但是如果翻譯的繪本，直譯原文所用的語言只有形容詞的堆積。以一本美國女畫家的成名故事爲例，內文中的一段：「在畫布上盡情揮灑寶石般的色彩，經她詮釋的視角耀眼奪目！」故事的文句搭配女畫家手握畫筆的坐姿，對兒童而言看不見耀眼奪目的寶石，以及難以理解「詮釋的視角」是什麼意思。或只是口語對話紀錄，做生平簡介沒有展開文學故事性的張力。倘若故事情節銜接與轉折缺乏流暢性，或許我們可以認爲原文寫作本是如此，非翻譯者之過，但是故事終究是沉悶的，沒有文學美的滋味，就很難讓讀者因爲美感產生閱讀的動力。

人必須在社會生活中成長，傳記文學的故事不會只有主角一個人，一個人成功背後必有一雙看不見支持成長的手。社會人物塑造，反映主角面對生活環境挑戰，都將是傳記文學故事發展的高潮。人物形象描寫是通過語言對話與行爲，表露內在心理的狀況，寫作既要忠於人物本來的特徵，更要用文學的手法，讓讀者在真實生活中有可聽、可看、可想，可引起經驗的通感，或對事件背後社會意識的共鳴，傳記文學才不會讀起來乾澀沒有生命力。讀《喜歡塗鴉的男孩──蘇斯博士的童年故事》，這是以描述童年喜歡塗鴉、不放棄興趣，最終成爲繪本創作名家的故事。對於同樣從事文學創作，繪畫創作的工作者而言，它就像文學家或繪畫藝術家的代

言人，描述個人成長歷程和藝術家某些不爲外人知的性格與心理特徵：

1. 藝術家特質必有好聽、好學、多元興趣，不離社會關注生活或工作上有趣的事，增廣見聞，公園溜冰、滑雪橇、音樂學習……參與活動體驗生活，獲得廣博知識，感到樂趣。雖然不見得是樣樣行，樣樣精通，是開展自己有通識素養。但是，無興趣的體育課也會讓老師搖頭嘆氣。有時因爲博通的見地不是每個人都能交流，生活也會感覺自己與他人格格不入，不被了解的孤獨感。

2. 一個有創意思考特質的學生，在墨守成規的學習環境，壓抑心靈自由是痛苦的。雖然文學與繪畫的創作風格，未必都能遇到欣賞的知音，但是一旦作品曾被肯定得獎，對一位創作者而言，心理是充滿自信。假若老師的教學態度與否定的語言，內心也會反思繪畫需要有一定的規則嗎？爲什麼與眾不同的看法和畫風，會被批評「上課鬼混，永遠不會有當上畫家的那一天」呢？這時他會毫不猶豫退選這位老師的課，這是藝術家捍衛創作心靈自由性格表徵。

3. 自古以還，功利的社會，能賺錢的銀行家、律師、醫生才是菁英，作家、畫家，有才華沒有成名之前是不被看見與重視的。在世俗環境要能堅持自己的興趣實踐夢想，當然會遇到很多的挫折，過於樂觀與消極都對創作之路的發展產生影響，唯一能做的就是勇於做自己。對人生的物質所求不多，自己的畫作或故事能幫助閱讀的人們就心滿意足。熱情洋溢釋放自己精神理念的能量，不分晝夜地工作也樂此不疲。將藝術家的生活描述扣緊心理層面敘事，包括主人翁童年的記憶、精神創傷、特殊氣質、另類思維、個人心理情緒、行爲刻畫、如何自我認同的意義，都可以

引起閱讀的美感。

　　傳記文學用故事在敘事真實的人，沒有虛構想像的浪漫，有較多人生價值追求意義與實踐的啓發性和勵志性。傳記文學創作有的以記敘文模式依時間發展階段敘事，從童年生活寫到成人以後的成就，有的集中在個人成名的奮鬥史。作爲故事精華的敘事內容，雖然寫我與他的關係，但是同時敘事了兩個人互動過程，體現兩個角色性格與情感，兩個人如何相互成爲彼此的貴人而成功。這種寫作方法又別有一番文學的美感，但是它的美如何讓讀者同樣有美的感覺呢？吸引青少年閱讀直接進入繪本故事，這樣的教學本身就沒有美感，青少年不是不能接受繪本，而是從繪本與之談社會存在的現象，而且自己或許也是現象存在的受害者，從侃侃而談中分享感到美。所以，和青少年讀繪本不需要話說從頭，試著改變用社會學家的角度，和青年學子談世俗人心的問題，繪本是對話的媒介，傾聽他們自身的故事，創造教學現場一個鮮活的傳記故事，在重說故事時感受文學源於生活的美。

二、敘事創造感性的溝通

　　芭蕾舞耳熟能詳的《天鵝湖》，源自一個美麗的神話傳說，故事大意是：玩心很重的王子，來到被廢城堡附近的湖邊，看見一群天鵝正翩翩起舞，身旁的侍衛正準備獵殺時，王子勸阻並說：「美好的事物是留給眼睛欣賞的，不是要用你們手中的弓箭去破壞。」夕陽西下，王子流連忘返，奇妙的事發生了，湖面的天鵝全變成美麗的少女，向前感謝王子的善良。其中一位少女告訴王子：「我是蘭妮公主，受到巫師羅特巴的詛咒才變成天鵝，只有夜間才

能變成人形。」說著留下傷心的眼淚。看著公主楚楚動人的臉龐，王子心生愛戀，答應找到巫師設法解開魔咒。公主說要打開魔咒，要一位年輕人在眾人面前表達對她忠貞不渝的愛情。王子承諾將終身愛公主，這時想起母后明天為他選妃必須趕回去，答應在那個典禮上宣佈，把公主留下的羽毛緊貼在胸口，快速趕回宮裡。這一幕被巫師聽見，選妃的時候，巫師讓自己的女兒喬裝成公主。王子宣佈：「蘭妮公主是我的意中人，我決定和她結婚。」魔鬼得意地現形，王子絕望奔向天鵝湖。蘭妮傷心欲絕，天鵝合力下殺死巫師。咒語雖然無法解開，卻感動了天，第二天迎著朝霞，天鵝恢復了人形……（顏亦真編2008）。

故事審美也需要引起學習動機，《天鵝湖》的愛情故事，是繪本內容一個缺角，不是故事非說不可的重點。作為引言或延伸閱讀設計從欣賞視覺影像、聆聽音效柔美的《天鵝湖》，引發知覺感受連接瑪希的情緒、舞蹈的知識，探討竇加要求正確姿態與芭蕾舞技巧的關係，給予共同分享美感情緒表達，一起談「情」說「愛」，發表對這種論述的看法：「愛情就像買衣服，要跟著時尚潮流，不合適就可以丟棄。」在對人生與情愛的意義反思再轉入傳記，認識成名畫家的一生，對生活與工作的態度。這種課程不斷在話題轉折時，思考問題又有新問題學習是有趣的。

說故事是一種可以靈活靈現將靜態故事活化的，自問自答也是一種教學講述的藝術。竇加是一個什麼樣的人呢？各有不同的評價。如何從《竇加和小舞者》認識艾德格、竇加，認識知名的畫家對待創作工作的嚴謹態度。為什麼竇加過世之後這個《竇加和小舞者》的雕像，不僅為巴黎羅浮宮所收藏，而且複製二十多座銅像，收藏在世界各地的博物館和美術館？因為竇加畫跳芭蕾舞的小舞

者，準備上臺前的各種動作，閒聊、繫鞋帶、調整肩帶、看報。最後他找瑪希當模特兒，畫芭蕾舞者熟悉的一個眼神和站立的動作。為求寫實逼真有唯妙唯肖的作品，竇加對模特兒的要求是嚴厲的，為求完美很容易暴怒。最後瑪希的蠟像因為傳神栩栩如生，展示在印象畫派展覽會的玻璃櫥窗，感動無數觀眾，

　　故事從兒童的視角出發，以小舞者瑪希為主角，說他的家庭環境、如何進入舞蹈學院，又因為家貧父病，當畫家的模特兒賺取生活費，不辭辛勞長時間站立，犧牲欣賞舞蹈表演及下課的時間，最後竇加完成雕像，瑪希成為全世界最知名的舞蹈者。這個故事就這樣結束了嗎？不是的。成名是藝術家努力的結果，傳記文學創作的美，不在結果而在人生的過程。

　　竇加完成雕像感動觀眾，繪本作家以瑪希和竇加的相處，內心的交流感動讀者：「……這時瑪希看見藝術家眼睛含著淚水。」竇加輕聲地說：「不會，妳不會了解。告訴我，瑪希，對畫家來說什麼是最重要的呢？」「你的眼睛。」「對，我的眼睛，就好像雙腳對舞者很重要一樣，妳懂嗎？瑪希，我可憐的眼睛病了，我幾乎看不見自己在做什麼？只好改用黏土創作。」（羅倫斯・安赫特2009）

　　眼睛是靈魂之窗，對任何人都是重要的，「眼睛病了」對需要細膩觀察的作家和畫家而言，看不見世界會像一雙惡魔的手，逼近……逼近……逼近，把想看的世界在眼前，慢慢地……慢慢地全部拿走。隨時讓內心焦慮、恐懼、害怕，無所安適的心會常發脾氣，多麼希望有人能感同身受的理解，理解藝術家不是脾氣古怪的人。讀者有與竇加相同際遇，能感同身受他的心境，心也會為竇加流淚。

人有多種情緒，繪本用感性溝通情緒，增進彼此的了解，創造感動的美感，情緒在對話互動中了解與尊重。繪本敘事也教讀者學會看懂情緒的意義，但是有些讀者不能有主動參與的心理空間，讓審美心理機制被調動起來。由於美的感受因人而異，閱讀興趣也有所不同，過分顧及青少年的喜好選繪本是困難的。而為激發美感的經驗所做的教學，故事導讀師如果能像理解觀眾心理的主持人，讓無意注意的聽眾，在你的導讀中再次進入有意的注意。從注意是審美的開始，讓讀者隨著引導走進故事留有伏筆的訊息。看見故事只強調寶加的性格與成就，忽略女主角瑪希的內心，追求夢想實踐的意義，能與上課最初的《天鵝湖》故事連接，更能理解為什麼很多女孩，以能穿紗裙在舞臺上跳芭蕾舞為夢寐以求的事，讓對故事有更完整的認知。這個教學對如何欣賞芭蕾舞的美產生概念，以及舞蹈藝術的欣賞是有幫助的。所以，學校推動藝術人文或美育課程，不是到美術館、到歌劇院，安排參觀雕像展覽，更重要的是學習歷程缺乏如何欣賞美的知識積累，對古典藝術因為看不懂感到無趣。所以淺顯易懂的繪本用於青年的導讀，實際上就是為導入藝術學習而讀的輔助教材。

圖象思維與自我詮釋

一、圖象視覺思維能力

　　審美需要專注能力，繪本要以青少年為導讀對象，選用較高畫境美或有時空變化的作品，足以讓讀者在不同時空觀察，留有更多想像空間去感受的作品。因為有一次寫作課以獨木舟為題，我選兩張看圖寫作的教材，前一張圖片遠處白雲、灰色的山倒映在湖泊，沙灘上停著像鞋子的獨木舟；後一張圖藍天和藍色的海面連成一片，太陽的光穿透深色的樹影，和樹枯黃顏色的兩艘獨木舟並行停靠在樹下。由學生評審哪一張圖比較美容易想像寫作，一致性選擇後一張圖。他們或許不會說圖畫美的類型差異，但是發現不曾有過圖象視覺思維學習，處在低感官直覺寫作，選擇前面一張圖，書寫難以感受想像美的表達，以直覺感官將倒影的物體寫出來沒有變化，如：「湖面上有山的倒影，有樹的倒影，山是烏黑烏黑的，獨木舟的倒影，映在湖面上。景色非常美麗。」受過圖象視覺思維選擇後一張圖，能從直覺感官想像寫作的學生，文字能描寫畫面的變化，能從視覺感官結合心的感受，寫出萬物擬人化的有情世界。

「陽光暖暖，樹葉沙沙，大樹高高，兩條獨木舟，像好朋友，在一起，聊天，看景。它們一起，看夕陽。」證明美感教材從感官到內心圖象思維自我覺察感知，有較多次豐富的美感聯想，可以由感官具體積累對抽象情意感知的能量。

皮亞傑認知發展理論的核心概念是圖式（Schemn），圖式可以看作心理活動的框架或組織結構。皮亞傑認為圖式乃認知結構的起源，圖式的形成與變化是一種不斷重建的過程，人要在這個過程仔細思考才能產生有意義的學習。在兒童發展中不是看見任何事都能引發刺激的反應，兒童可以學到什麼，取決於他的思考水平高或低。因此，應該關注兒童如何學會在思維中糾正錯誤，這是皮亞傑對思考的說法（溫明麗2002）。文字和圖畫都是符號，兒童由視知覺理解事物概念以圖畫表達比文字更早，兒童對客體的觀察與想像，很早就能用圖畫的象徵傳達心理的意象。換言之，兒童將感性情感、觀察、聯想、想像，以視覺直觀發揮圖象思維，從所見的物象調整知識概念。

例如：兒童對樹的顏色概念，沒有圖象的時候只會說「綠油油的樹」，看見圖象實體變化，即可改說「金燦燦的樹」。因此，兒童能由圖象思維，將圖畫閱讀導入文字書寫創作，強化圖象美的感官刺激，進行美感寫作教學，兒童可以創作童「真」有「味」的詩歌與散文。如釋曉雲導師所言：「要有美麗的思想，須求美麗的靈魂。要有真實的生活，須求真實的性情。」又說：「世界上最美而且最真的莫若孩子的感情……。」（釋曉雲1993）兒童很自然在書寫生活體驗的散文流露真性情，自然而然從感官視覺取得資訊寫出獨特風格的作品。

圖象視覺思維的功能，用於指導如何閱讀有藝術手法創作的

文學，透視物象創造意象的象徵，能自我詮釋情境做理解性的表達；有從閱讀探討問題的樂趣，學會多元思考與自主學習的能力。所以，從兒童的作品，我們相信學童不僅有能力參與討論文學的藝術，而且可以有另類的觀點思考問題。更不可思議的是，因為理解進而追求新知識，放眼世界充滿探索的好奇，追求自我實踐的動能會由此開始，越能使之用藝術的眼光看天下。閱讀導入寫作的續航力不會中斷，是因為圖象視覺思維，喚起閱讀寫作知覺有以下的因素：

㈠ 概念意義化輸出

寫作必須在書寫程序將概念意義化作成符號輸出，這個符號不僅是語言文字的符號，還有情感及思想或感知的意象符號。符號象徵的組成，關係著寫作主體獨有的思考體系，關係著寫作主體知識經驗與情感體驗能否融合應用。由閱讀美的圖畫喚起寫作的知覺，可以在寫作的不同文體，及各類型主題依自我的思維模式，做資訊編碼處理使書寫能條理分明，產出有意義的寫作內容。

㈡ 感性導向理性認知

圖象視覺思維從具體表象的直覺觀看，如果能引導超越表象進入「覺觀」的境界，即是啟蒙兒童由點的特徵觀察，想像發揮聯想作用，超越表象的認知，應用右腦圖象思維方式，應用兒童天生本有的潛能，用想像去看眼前看不見的世界，兒童會從運用思考前直覺推理，進入具體事理之間因果關係的推理，由感性進入理性認知，邏輯思維推理與判斷和分析，就可以寫出有意義結構的故事。

(三) 藝術思維自心感悟

　　兒童由感官圖象視覺思維，有時候非以客觀理性做邏輯的思辨，而是主體對客體進行觀察後做理性判斷，超越表象深度思考解決問題的方法，更進一步思索如何由體驗產生心靈感悟。有時兒童不需要知識的灌輸，通過自我心靈曾有體驗通曉事理，在情境中促發內省智能及內化作用，將意識與知識做轉化，讓心靈感通有了寫作的靈感。這種現象通常是因為兒童經常閱讀繪本，在有情節的圖象思維而有所領悟。繪本圖象積存在大腦記憶，寫作遇到合適的主體，內在美會慢慢在兒童文學創作中釋放出來，言之有物，不會是記錄式說話無感的流水帳。

　　以上是指導兒童寫文學性、散文、看圖說畫，童話創作反映出來的形象思維的現象，兒童如此創作思維，繪本創作的思維原理亦然，所以，繪本與圖象教學作為學習的鷹架，繪本感官價值，需要課程設計與美感教學實踐，選擇適當教學主題，用於輔導需要的適當時機，可以發揮較高的繪本感官審美能力。兒童可以，青少年在此基礎上必須再深化，他們想要知道的是「人」與社會文化的關係。

二、自我想像的詮釋

　　兒童閱讀繪本以感官直覺接受訊息獲得知識，對真、善、美有概略性的認知，這是以人的潛能做出價值判斷。這種判斷常是源於繪本圖畫與故事，符合讀者的經驗和主觀的喜好。這也是較低年級學童，處在較低層次感官性閱讀，內容以生活形式寫故事，偏向於生活教育價值、知識價值、道德價值。這些價值通過藝術手法包裝

去除說教，避免概念的思考在審美中陶冶，在生活中自然地實踐，使行為符合社會群體的規範，這是文學的教育性價值目的；它們不需要過多美感教學，兒童可以自己對什麼是美判斷，潛移默化有自律性的行為規範。

　　繪本只想到如何用感官的美吸引讀者閱讀嗎？不！繪本從感官可見的美，深化到內在的美，內在美從人心擴展到一個文化、族群、宗教、環境，非直觀性，虛構故事，傳遞精神、價值觀、理念、集體思想，對人性善惡判斷、生存適應生活……做審美價值。以出生在瑞士比爾，有存在主義思想，作品喜歡用對比方式呈現內容的約克‧史坦納，《再見小兔子》和《森林大熊》，同樣有適應環境與環境改變，人心無法調適背後的問題探討。《太陽石》也是約克‧史坦納的作品，同樣是人存在的問題，看似環境保護為主題，其實長篇故事描寫大島上富裕生活、階級性的社會管理、人性貪婪引起侵略性的暴行，為滿足大島國王一人更富有的慾望，向原本充滿祥和、自在、安逸的小島，搶奪建造美麗王國所需的木材、泥土、碎石，任意開挖破壞小島環境，使小島近乎面臨沉沒的危險。將小島的人帶到大島為奴隸早晚不停工作。故事以瞎眼老人為智慧的象徵，向大島國王說明小島上的一塊紅太陽石，告誡人們遵守「自然法則」，否則島嶼會沉沒。什麼是自然法則是值得深思的，故事並沒有明言，即以大島的國王和居民，發現紅太陽石下有黃金，淘金熱失去理智和人性，大自然的災難降臨了，人民在暴風雨中逃亡，小島的人民沒有報復，幫助逃難者回到自己的家為結束。而這個故事結束了嗎？故事的結尾說：「這個故事沒有結束，只要世上還有人住，這個故事就會一直繼續下去。至於接下來的故事怎麼發展，就看你怎麼編囉！」故事留給讀者繼續參與情節發展

思考的目的，因爲環保故事的現象，存在現實的生活，環保議題值得大家思考。這種深化問題意義的繪本內容，需要青少年較成熟的思維能力，對問題做批判。

《太陽石》描述人與環境的關係不和諧的慘劇，現實生活也有同樣血淋淋的教訓。故事暗示人是睜眼的瞎子，看不見問題的本質；不能像瞎子的老人用心看世界的人，說自己最能夠「尊重」大自然法則，卻是大搞環境破壞最後自食惡果的人。故而談這本故事如何審美，如果僅以故事角色行爲是善或是惡，二言對立判別美的價值，就會對文本中心思想「尊重」大自然的法則，失於道德陶冶作爲審美價值的啓蒙。如果僅就環保與道德關係談人對環境應有的「尊重」，多數讀者即刻會陷入媒體傳播教育的制式思維。對於從小被灌輸環保知識的青少年，閱讀之後對故事也產生不了任何美感，像環保尖兵呼口號。所以，閱讀繪本圖象與文學藝術，避免陷入既有思維框架，應該以生活美學引領思索自己所要追求的生活。

十九世紀美國作家梭羅寫一本《瓦爾登湖》，描述他兩年住在湖水澄明、兩旁茂密樹林裡，遠離塵囂，以純淨的心思索人生的意義和價值。梭羅在瓦爾登湖的生活並不富裕，卻感到自己非常富有。富有是因爲瓦爾登湖四周有濃密高大的橡樹與松樹圍繞，葡萄藤爬過湖邊的樹，他常乘船從葡萄藤下通過，偷閒過了許多這樣的時刻，享受陽光照耀的時辰，感到人生的價值和意義而心裡覺得富有。梭羅回歸自然的生活，也是在反思快速發展的美國經濟，對生態環境劇烈改變的結果，對人的生活、生存環境、人和自然的和諧關係，梭羅在瓦爾登湖生活體驗人生存意義和價值的省思，不僅是大自然環保，還有人如何生活（凌繼堯2007）。

《瓦爾登湖》和《太陽石》有異曲同工之妙，在美國、在德

國的作家都思考人生存的意義和價值，我們是不是可以由《太陽石》畫者約克・米勒細微刻畫的美，感官想像小島人民生活閒適的日子？是不是心裡也覺得富有？能否探析看不見的富有，能樸實寡慾享受生活感到滿足的理由做詮釋？詮釋是對故事語言的意義理解，理解作者的意圖。在此基礎上詮釋，過程能不能好像重新體驗情境，解釋角色生活的精神心理狀態，延伸闡釋自身所處的世界，現實生活觀察的現象，揭示陳述事實和意義，盡其所知充分表達己見，對問題有所批評，同時喚起個人主觀審美的獨特性和美感經驗？這時寫作內容彷彿看見藍色大海的美，描繪與大海一起生活的日子，像梭羅在瓦爾登湖，像乘坐小船悠遊登上太陽石的小島，想像與世無爭恬淡的自在，內心感受化為文字，自我詮釋心裡的美感，崇尚大自然的嚮往。

肆

做觀察學習的示範者

一、故事觀察學習

　　兒童成長過程中，父母沒有被教育成專業的家庭教師，養育兒女，有的在實務裡吸取經驗，有的隨著兒女成長涉獵繪本故事，認識兒童發展的心理需求，卻又在兒童進入青少年階段，高升學壓力下放棄繪本；主要原因是看不懂繪本豐富的訊息，覺得幼稚不適合閱讀，迫使青少年提早接觸成人的武俠小說、古典歷史名著，投入聲光影像科幻遊戲，視覺刺激的影片……

　　從社會學的觀點談人格的養成，強調人需要通過觀察他人行為的過程自我調整，繪本在兒童時期就扮演這個角色，間接協助兒童模仿學習發展人格，在認知的機制對生活學習調整改變，在認知過程還會整合從外部和內部的訊息解決問題。繪本是兒童觀察示範的對象，進而對現實生活觀察，生活的人與物，生命、生活、生存的關係理解。從小閱讀繪本故事的兒童，青少年時期在圖書館的一角，也會情不自禁翻閱欣賞繪本的美。繪本作為一個示範者，對於一位觀察學習的青少年，繪本在生命教育能提供他什麼樣的學習價值，這曾經是我關切的議題。

青少年在生活中有很多與人「比較」而自卑的心理，不一定會主動找心理諮商。改變心理治療師的形象，我主張心理輔導走向情意發展與心理預防的路途，不完全以個案為輔導對象，以培養「人」如何觀察學習認識生命的價值為導向。殘疾人的生命故事有激勵人心的價值，它不一定是繪本，更多是自傳形式的故事；像《用腳雙飛的女孩》蓮娜‧瑪莉亞，故事像記敘文敘述殘疾人面對生活克服困難的心路歷程。這種故事雖然有著殘而不廢的積極人生觀，但是平凡的情節缺少生動立體的語言和視覺效果，有時候不見得能引起閱讀的動機，還會覺得這不就是老掉牙說殘疾人不被命運打敗的毅力而已。這時懂心理的故事導讀師要想想：

　　西方人常說「我愛你」，說「愛」可以讓聽的人心裡有浪漫的美感，經常掛在嘴上卻說得浮濫缺少真誠。東方人愛在心裡口難開，不常說「愛」，卻用實際行動表達真誠負責的愛，實實在在具體成果證明「我愛你」，對方卻不一定感受得到愛的美。這就好像文本閱讀，文學處理人情感的流露，總是需要讀者從角色對話語言的暗示體會，不是每一段內容都說愛，愛在情節中具體的行動向讀者示範。青少年如果沒有聽見愛的話語，就感受不到故事裡親友給瑪莉亞溫馨的愛，對瑪莉亞充滿歡笑與眼淚的一生，難以體會故事的美感嗎？雖然你不可以說青少年無法體會故事的情感，但是不可以忽視他們有時不知道如何說話表達內心真、善、美的經驗與感受。換言之，即是缺乏表達說「愛」與「美」的觀察示範學習機會。

　　語言是情意表達的工具，閱讀之後為什麼「愛」這個故事？怎麼樣把「愛」故事的美「說」出來，這也是美感教學的重點。我們有很多的青少年，內心也有很沸騰的熱血，只是缺乏表達學習，不

知道在生活的美感經驗怎麼說。一旦有機會觀察示範學習，聽他們由「愛」產生各種美感經驗分享，當下會很激動地說：「把美傳出去，世界才會更美麗。」因此，故事導讀師面對青少年閱讀故事，表現得冷冷的似無熱情的時候，在不知如何互動的情況下，說故事的場子冷了，老師唱獨角戲，這教學現場就難看了！這時你可以改變一種提問的方法，既不是閉鎖性問題，也不是開放性的問題，而是描述閱讀心理感受的問題，提供多種說話的示範學習，故事的價值可以瞬間升高。

二、導讀師語言表達示範學習

繪本是現實社會人生百態的劇場，每一齣戲不一定精采，劇情總是有智慧、樂觀、愛與支持……較正面的結局。會看戲的觀眾不會只期待結局是輸或贏，還是皆大歡喜地落幕。一部有美感的繪本，就像一齣可以用心眼看見的戲。我們如何從平面的繪本，用語言「說」故事，引導觀察學習生命的價值？以《故障鳥》為例。這個故事說一隻少一邊翅膀不能飛的鳥，在異鄉他處遇見一隻缺了一邊翅膀的鳥，兩隻沒有翅膀的鳥結為連理比翼雙飛。很明顯，這是隱喻殘疾人的生命故事，有幸福美滿的結局，突顯人的不幸也有幸運之神的眷顧。故事很容易明白，不用全文導讀，我讓導讀師學習如何「說」故事的「美」的提問，看！映紅的習作：

(一) **如何找出故事的美感？**

你一定也有過找一個對自己來說很重要的東西的經歷吧？故障鳥一開始就在蛋殼裡面找他的翅膀，乃至整個上半生都在

試圖修補和尋覓他所缺陷的東西。他後來找到了嗎？當他找到的時候是怎樣的一種感動自己的心情？他們唱出的音符在空中偶遇真是太美妙了。雖然不幸，但保持樂觀很重要。如果故障鳥在城市的角落走累的時候，沒有唱一首歡快的歌來鼓勵自己，他也很難打動同樣在唱那首歌的命中人哦！

(二) **故事創作的覺察點，吸引閱讀與值得教學的價值是什麼？**

　　以故障鳥對外界的感受力和內心對話作為觀察點，最後用找到另一半的方式解決了所有生活中的不幸，他們終於成為了沒有缺陷的一對。有時我們會感嘆命運讓我們經歷太多，但正是這些我們剛開始不願意面對，但又努力過要去解決的事，鋪就出了我們後面幸福的路。

(三) **故事時空處理，如何帶出高潮？**

　　他們兩隻各缺了一邊翅膀的鳥，從晚上聊到天亮，從城市回到森林，建造了自己溫馨的小家，最後通過努力竟然還完成了多年的心願，他們不只能飛，還美滿地比翼雙飛。

(四) **殘疾人的語言最有感受是哪幾句？當下你心裡最想說的是什麼？**

　　「另一隻翅膀是不是落在蛋殼裡了呢？」
　　「沒關係，我還有一雙腳，可以用腳走路啊！」
　　「我什麼都不會，看來我不屬於這裡，也許我是一隻城市鳥。」

「我不想嚇到你。」

故障鳥開始並不能理解命運的安排，希望通過努力（給自己做翅膀）過上正常的生活。當挫敗成為習慣以後，慢慢接受現實，雖然懂得樂觀地安慰自己，但內心往往非常敏感，也很在意別人的看法。

我們應該平等善待每一個人。因為社會活動中，他們最需要的可能還不是肢體上的協助，而是平等的機會，和被平常心看待的目光。這樣，敏感的心才能免於自卑，並和常人一樣輕易地收穫幸福。

㈤ 如何設計教學活動，日行一善協助殘疾人，分享體驗他人的不方便？

本人因為眼角膜的一次意外受傷，也體驗過了盲人的種種生活難處。從此之後，經過老街的那位瞎眼乞討老人身邊時，感受都會和以前不一樣，因為我知道了他的不易，就會想去關心幫助他。

體驗式的教學活動：可以嘗試矇住眼睛生活幾個小時，這時我們會感覺到自己的弱勢，內心也會變得細膩易感。因為行動上的諸多不便，我們剛開始會煩躁、埋怨，慢慢地學會平靜自己浮躁的心，並嘗試努力去聽這個世界，也學會了用其他感官甚至是直覺去判斷，以求獲得失去了的安全感。

導讀師對故事要能感同身受，換位同理故事角色的心境，同理自己曾有的處境，在對青少年分享故事情節的時候，這將是勾起故

事美的感染力，分享是語言表達的應用，可以有兩種語言的表達方式：

㈠ 真誠表達深刻的感受

　　導讀師用聲音說故事，要能打懂讀者的心，表達能力極為重要；最好的表達是個人對故事能感同身受，自我情感分享，用心表達故事的美，表達個人獨有情緒的波動，如何被故事感動，如沐恩的表達：

　　　《故障鳥》的故事幾年前就讀過，但是這次讀，感受更深，體會有些不一樣。剛開始我看到別人嘲笑故障鳥的時候，我是心痛、絕望和無助，沒有一絲力量。隨著故事的發展，我又被故障鳥的積極樂觀、開朗幽默的生活態度所感染，牠讓我覺得充滿希望和力量。即便生活出現不如意，也用不著那麼絕望，至少「我有一雙腳，我還可以用腳走路啊」！

　　　我很希望和孩子再次分享這個過程，一起來體會這種殘缺的美、積極的態度和對自己的信任。我也很希望和孩子一起來體會殘缺的感受。我們可以一起蒙上眼睛，我們可以捆住自己的一隻手來體會「缺失」的感受。我更希望可以有機會和孩子一起到殘疾人中心去做一些事情。予人玫瑰，手有餘香。讓給予愛和感受愛在我們和他人之間流動。

　　導讀師感受故事美，轉換成發自真誠內心的語言，故事的「殘缺」被愛與慈悲的心圍繞了，故事殘疾人的生命很美，社會人心更美，生活在美的世界會有幸福感。生活不都是完美的，人總有缺

陷，青少年容易在乎外表，產生自卑或無自信的畏縮，遠離人群，這也是「宅」的原因。懂心理學的故事導讀師，秀蘭這麼說：

(二) 支持性看見希望的表達

> 　　繪本的一開頭，故障鳥的表情是很難過、很低落的，牠很不開心。看到哥哥們能夠飛，牠非常地羨慕。接著，牠慢慢有了力量，開始嘗試去做自己能做的。一開始的嘗試並不容易，慢慢地，牠找到了自己的朋友，找到了自信和快樂，也有了更多的創造。
> 　　其實一看故事的開頭，我就知道後面會有新的希望和轉變。所以，能夠體會到牠的不開心，同時也相信牠有力量能夠面對。故障鳥的經歷讓我們可以去理解到殘疾人的心理，其實不只是殘疾人，如果我們內在有覺得不如別人的地方，也會有這樣的心理。我願意去聆聽他們，了解他們，讓他們感覺到溫暖和支持一直都在，也相信他們會走出屬於自己的路。

　　故事導讀師如何看見繪本的訊息需要能力，訊息傳遞不單向式「說」給你「聽」，而是要說得讓聽眾能入「戲」，跟青少年說故事，最怕老套的說詞，有時導讀者需要一點生命哲思的語言，作為激勵人生學習的酵素。繪本美感教學，強調繪本訊息分析，延伸探討問題，引領認識社會文化，體現自我對生活體驗的覺察與領悟，互動討論的內容重視思考的獨特性，以「真誠」和「支持」的語言表達，營造教學的美感，不論兒童、少年、青少年，都能夠感受繪本的藝術創作美，帶來閱讀學習有理性與感性的美。

參考書目

1. WALTER SAWYER與DIANA E COMER合著，《幼兒文學—在文學中成長》，臺北：楊智文化社，1996。

2. 李崗，〈美學與美育〉，簡成熙主編，《新教育哲學》，臺北：五南出版社，2016。

3. Susan Engel，《孩子說的故事—了解童年的敘事》，臺北：財團法人文教基金會出版社，1998。

4. Margaret E. Gredler，吳幸宜譯，《學習理論與教學應用》，臺北：心理出版社，2010。

5. 張新仁，《學習與教學新趨——Gagné學習條件理論與教學應用》，臺北：心理出版社，2015。

6. 靳洪剛，《語言發展心理學》，臺北：五南出版社，1994。

7. 王更生譯注，《文心雕龍讀本　下篇》，臺北：文史哲出版社，1997。

8. 陳望衡，《藝術創作美學》，武漢：武漢大學出版社，2007。

9. 董學文張永剛，《文學原理》，北京：北京大學出版社，2001。

10. 魏國良，《現代語文學》，上海：上海教育出版社，2005。

11. Martin Salisbury，《彩繪童書》陳寬佑，序文，臺北：視傳文化出版社，2005。

12. 朱光潛，《文藝心理學》，臺南：大夏出版社，1997。

13. 歐用生，《課程發展的基本原理》，高雄：復文圖書出版社，1994。

14. 凌越，《傾聽——創造100分人生的祕密》，臺北：美皇文化出版社，2008。

15. 胡經之，《西方文藝理論名著教程》下卷，北京：北京大學出版社

社，2003。

16. 鄭明進，《兒童畫的力量》，臺北：維京國際出版社，2012。

17. 劉思量，《藝術心理學—藝術與創造》，臺北：藝術家出版社，2001。

18. 靜一居士，《禪的智慧》，北京：中國長安出版社，2005。

19. 楊恩寰，《審美心理學》，臺北：五南出版社，1993。

20. 楊廣學，《心理治療體系研究》，吉林：人民出版社，2003。

21. 張少康，《中國古代文學創作論》，臺北：文史哲出版社，1991。

22. 顏亦真編，《關於藝術學的100個故事》，臺北：宇河文化出版社，2008。

23. 溫明麗，《皮亞傑與批判性思考教學》，宏業文化出版社，2002。

24. 釋曉雲導師，《智慧之語》，臺北：原泉出版社，1993。

25. 凌繼堯，《美學的十五堂課》，臺北：五南圖書公司，2007。

故事書目

1. 陳景聰，《占卜鳥希希利》，臺南：世一文化出版社，2009。

2. 漢娜・約翰森，汪培珽譯，《想生金蛋的母雞》，臺北：愛孩子愛自己工作室社，2012。

3. 蘇珊・巴蕾（Susan Varley）著，林真美譯，《獾的禮物》，臺北：遠流出版社，1997。

4. 威廉・史塔克（William Steig），《驢小弟變石頭》，大陸：明天出版社，2013。

5. 郝況才，《巨人和春天》，臺北：格林文化出版社，2010。

6. 安妮－蓋莉・菲舒茲（Anne-Gaëlle Féjoz），《打開心中那扇窗》，臺北：韋伯出版社，2016。

7. 坎貝爾・吉斯林，《艾蓮娜的小夜曲》，臺北，典藏藝術家庭出版社，2008。

8. 謝希堯編，《佛經寓言精選——群獸過河》，臺北：國家出版社，1993。

9. 卡瑞吉特，《蓬蓬、小小和矮矮》，臺北：格林文化出版社，2003。

10. 吉麗安・伍爾夫，《Look一看！身體怎麼說話》，臺北：維京出版社，2012。

11. 佩卓，貝尼索托（Pedro Penizzotto）《菲力普的影子跑走了》，臺北：大穎文化出版社，2011。

12. 李驥，《等待太陽的想日葵》，臺北：日月文化出版社，2013。

13. 康娜莉雅・史貝蔓，《我好害怕》，臺北：親子天下出版社，2015。

14. 凱薩琳・克魯爾，《喜歡塗鴉的男孩一蘇斯博士的童年故事》，臺北：維京出版社，2014。

15. 羅倫斯・安赫特，《寶加與小舞者一安德格・寶加的故事》，臺北：維京國際出版社，2009。

16. 約克史坦納，《太陽石》，臺北：格林文化出版社，2003。

17. 麥可・布洛德，《故障鳥》，臺北：三之三出版社，2012。

Note

Note

Note

國家圖書館出版品預行編目資料

繪本教學理論與實務——原來繪本的「美」
在「這裡」／張嘉真著. ――初版.――臺北
市：五南，2019.03
　　面；　公分
ISBN 978-957-763-233-3（平裝）
1.繪本　2.兒童文學　3.青少年文學
815.9　　　　　　　　　　107023037

1XFX 現代文學系列

繪本教學理論與實務
原來繪本的「美」在「這裡」

作　　者 — 張嘉真

發 行 人 — 楊榮川

總 經 理 — 楊士清

副總編輯 — 黃惠娟

責任編輯 — 蔡佳伶

校　　對 — 李鳳珠

封面設計 — 王麗娟

出 版 者 — 五南圖書出版股份有限公司

地　　址：106台北市大安區和平東路二段339號4樓

電　　話：(02)2705-5066　　傳　　真：(02)2706-6100

網　　址：http://www.wunan.com.tw

電子郵件：wunan@wunan.com.tw

劃撥帳號：19628053

戶　　名：五南圖書出版股份有限公司

法律顧問　林勝安律師事務所　林勝安律師

出版日期　2019年3月初版一刷

定　　價　新臺幣280元